ファン文庫

女王の番犬

著　青木杏樹

マイナビ出版

— Contents —

登場人物

ブラッドフォード……エリザベス二世に忠誠を誓う、元エルンスト諸侯同盟の奴隷兵士。旧名はヴァイス。オリヴィア王家暗殺の罪で処刑されたことになっている。

シド……優れた知能を持ち、人の言葉を話す白狼。狩猟の対象であったがエリザベス二世に拾われ忠誠を誓っている。

エリザベス二世……十歳で即位し、わずか五年でオリヴィア王国を堅牢な国に変えた女王。感情を表に出すことは滅多になく、常に沈着冷静である。

リオ……戦乱孤児で、両親の顔も名前もわからない少年。十三歳。オリヴィア王国に盗みに入って捕まり、ブラッドフォードに命を救われた。

イーサン……ブラッドフォードの旧友。エルンスト諸侯同盟のフィールズ領主に仕える。ずる賢く軽薄な男。剣の他に弓矢や毒など様々な武器を使う。

アルフォンス……エルンスト諸侯同盟フィールズ領の若き領主代理。病床の父に代わり執務を行っている。兄たちは戦死している。

ネールガルデ……ヴァルファーレン皇国第十七代の皇帝。先代王・アラヴィスを自ら殺して即位した。野心家で傲慢磊落な男。

レイ……エルンスト諸侯同盟の奴隷兵士だったが、捕らわれた味方を助けるため、ヴァルファーレン皇国に寝返った凄腕の少女剣士。

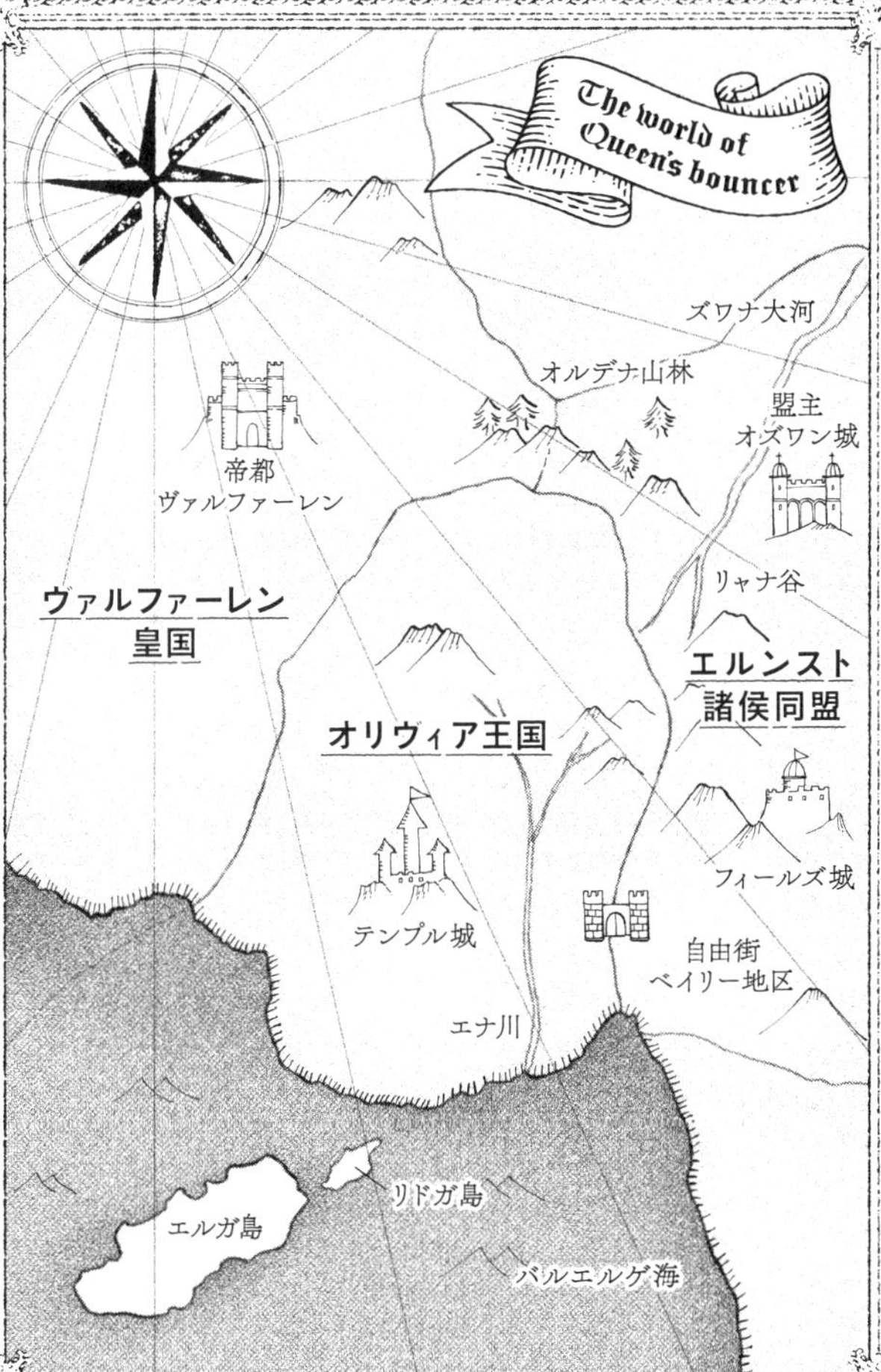
The world of Queen's bouncer
ズワナ大河
オルデナ山林
盟主
オズワン城
帝都
ヴァルファーレン
リャナ谷
ヴァルファーレン
皇国
エルンスト
諸侯同盟
オリヴィア王国
フィールズ城
テンプル城
自由街
ベイリー地区
エナ川
リドガ島
エルガ島
バルエルゲ海

序章

牢獄（ろうごく）は闇を降ろしたような静寂に包まれていた。

拳ひとつぶんもない小さな格子窓から月明かりが差し込む。

石の壁に囲まれた月影の狭小は、真夜中だというのにじっとりとした湿気があった。散々鞭（むち）打たれた彼の腕には汗の粒が浮いている。ともすれば意識を奪われそうなくらい蒸し暑かった。隙間から入ってくるのは甘い潮の匂いだ。ここは……海が近い――。

「待たせたな」

凛（りん）とした少女の声が響き渡った。その声に反応する者は、彼以外いなかった。

彼の他に投獄されていた者たちは〝恩赦〟という言葉を投げかけられ、昼間のうちに鎖を外されていった。だが黒髪に銀糸が交じる二十歳の男、ヴァイス＝ライモンドだけは残された。彼はここに残されることをわかっていた。この国にどんな幸いなことがあろうと自分に〝恩赦〟が与えられることはない。犯した罪はそれほどまでに重い。

「信じておったか、それとも――」

がらんどうの地下牢にこつんこつんと幼い足音がこだまする。

「首を刎ねられる不安で震えておったか」

その足音はヴァイスの牢屋の前でぴたりと止まった。

青白い絹地のイブニングドレス。豊かな金髪。真っ白な手には王家の紋様が刻まれた短剣。曇りひとつなく研がれた刃は、十歳の少女が持つには物騒だった。

「俺は……、なにも……。ただアンタが来るのを待っていた……」

透き通って美しい翡翠色の瞳に見つめられると、背筋がぞくりと震えた。

鉄の錠で繋がれた両腕を垂れ下げたまま、彼は僅かに頷いて見せた。

「そういう約束だったからだ……」

「よかろう、妾は約束を違えぬ」

その短剣で扉に掛かった錠が砕かれた。

ヴァイスはふらつきながらも片膝をつき、深々と頭を垂れる。

「このたびは、ご即位……おめでとうございま――」

「祝いの言葉はいらぬ」

彼女は抜き身の短剣をヒュッと眼前に突き出した。切っ先はヴァイスの左の瞼に刻まれた傷口を指す。あの日、あのとき、止血されなかった傷口は赤黒く凝固している。

「ヴァイス＝ライモンド、両手を出せ。約束を果たそう」

少女は靴先でヴァイスの両手を踏みつけ、短剣を回転させた。彼はどんな処断も受け入れるように床を睨んだ。少女は短剣を真下にズドンと突き刺し、罪人の手錠を叩き割った。赤錆の目立つ錠の欠片がガラガラと散らばる。

「たったいま、そなたは死んだ」

自由になった両手を握ったり開いたりしてから、彼は翡翠色の光を見上げた。

「今日からそなたの名はブラッドフォードだ。……ついて参れ」

少女は踵を返し、すぐに軽い靴音は遠ざかっていく。

ブラッドフォード――その名を脳裏に響かせ、彼はよろめき立つ。

「……かしこまりました、女王陛下」

その足取りは、主人の歩幅に合わせて歩みを進める、番犬のようであった。

第一章

十二色の宝玉

リャナ谷の豊かな木々に、赤黒い松明を手にした影がはしる。

火矢が飛び交い、黒煙が渦を巻き、満天の星夜は濁っていった。

少年たちは錆びた剣を握っていた。人を殺すための重い武器を引きずっていた。

それを握る体力すらもなくした者は、細く裂いた布で利き手に巻き付けた。

殺せ。殺せ。殺せ。すすめ。すすめ。すすめ。振り返るな。殺して、前に、すすめ。

誰でもいいから殺すんだ。敵は当然のこと、いっそ味方でも構わない。

生命の気配を察したら即座にその剣で殺せと、少年たちは命じられていた。

「なぁ、何人殺した」——背後から同胞が囁く。

声だけで（こいつは殺してはならないヤツ）と悟った少年は、肩を落とした。

「数えてない」

「だったらいまから数えるといいさ」

「なんでそんなのを数える必要があるんだ……、っ、ぅわっ」

ズワナ大河の上流に足をとられた。せせらぎが怒号も悲鳴も掻き流していた。

躓いたのをいいことに、少年は氷のように冷たい水で煤汚れた顔を洗った。

「おまえは非情なヤツだな。せめて殺しちまった罪くらい数えろよ」

（――……そうだ、俺は非情だった……）


カァン、カァン――……と。鐘の音はゆるやかに十二回、城下で鳴り響いた。

中央セントラル地方・オリヴィア王国は昼飯の時間を迎えた。ブラッドフォードは乾いた藁の上で目を覚ます。のっそりと起き上がると、銀糸の交じった黒髪から細かい藁屑が落ちた。背中を丸めればちくちくと刺さる些細な痛みに襲われ、彼は顔をしかめた。

あぁ今日も痒い……と、ぼりぼり頭を掻きまわす。ため息のようなあくびが連続した。

「やっと起きたのかい昼行灯。こいつらと一緒に水をかけるところだったよ」

すこし離れたところから甲高い少年の声が飛んできた。

ブラッドフォードは彼を見やった。太陽は高く、うららかな陽気がすこし暑い。

「そぅ、れっ！」

と少年は細長い腕を伸ばし、水のたっぷり入った樽を振り回した。横一閃の水しぶきで虹が描かれる。煤を洗い流された馬たちは、さも気持ちよさそうにぶるりと震えた。

「おい……それを俺にお見舞いするつもりだったのか、リオ？」

「こんな昼飯時までぐうたら寝てるからさ」

「……さっき寝たんだ」

ブラッドフォードは止まらないあくびをかみ殺した。

「嘘つけやい。オイラが積み荷を運んできたときにはもう寝てたよ」

「おまえが城に来たのはいつだ」

「オイラはテンプル城の鐘が五つのときに城門をくぐったさ。ってことはブラッドフォードは七刻も寝てやがったんだ。陛下は鐘が五つのときにはとっくに灯りをつけていらしたよ。ご主人様より寝こけてる傭兵なんざ聞いてあきれるね」

「めざとく確認しやがって……」

そういえば今朝聞いた鐘の音は四つだったかもしれない。ブラッドフォードは夜警の交代時間まで厩の隅で蹲っていた。冷える空気に身震いして麻布をかぶったところまでは覚えているが、いつの間にか寝落ちてしまったらしい。

「オイラのほうがよっぽど働き者だ。なんなら夜廻りを代わってやろうか？」

「剣もろくに使えないガキが生意気言うな」

「ブラッドフォードが戦っているところなんて見たことないけどね」

ざんばら髪のみすぼらしい格好をした少年の名はリオ。袋状に縫った革布に穴をあけただけのような衣服は、彼が戦乱孤児であり、商家の使い走りで働いているいまも決していい待遇を受けていないことを表している。着るものを買うよりも食うことが優先だ。朝早くから馬を走らせ、城に品を届けてから馬を休めて戻れば夕方である。そしてパンと干し肉を買えるだけのわずかな賃金を受け取り、リオはそれで生活しているのだ。

「うちはおまえみたいなガキに剣を持たせるような国じゃない」

ブラッドフォードは藁屑を払いながら立ち上がる。

立てかけておいた剣を腰に下げた。革紐(かわひも)から下がるずしりと重いそれは、リオのような子どもの軽い身が持っては逆に振り回されてしまう代物だ。

「でも見たよ。リャナ谷の近くまで湧き水を汲みに行ったときさ」

「なにを」

「隣の国は子どもが剣を振るってたんだ」

「それは隣の国の事情だろう」

「うん、そうだけど」

樽を重ねて片付ける少年の横顔は納得していない。

「オイラだってもう十二だよ。陛下が即位したのは十の時だ」

「陛下と比べるな……器が違いすぎる」

するとリオはなにか言いたげに唇を尖(とが)らせた。

中央セントラルとも呼ばれる、ここオリヴィア王国は〝戦う者〟と〝戦わざる者〟がはっきりわかれている。訓練された〝戦う者〟たちは北のリャナ国境で東の隣国と戦い、北西のオルデナ国境で西の隣国と戦う。南西のバルエルゲ海から攻められようものなら、海に長けた部隊が迎え撃つ。国境を越えられようものなら、精鋭・宮廷騎士団が出撃する――東西に隣接する豊穣の三連国ではもっとも落とし難い堅牢な国だ。

「あとみっつで宮廷騎士団の入団試験を受けられる年齢なのに……」

「なんだおまえ宮廷騎士団に入りたいのか。宮廷騎士団の入団試験は厳しいぞ。あいつらは物心つく前から、街の自警団に交ざって血豆ができるぐらい剣を振るってるんだ。戦はおまえが思っているほどかっこいいものじゃない、殺し合いなんだぞ」

「わかってるよ、そんなの」

子どもが頬を膨らませたので、ブラッドフォードはやれやれとため息をついた。

豊穣の三連国は長らく醜い争いを続けている。そのほとんどは領土をめぐる小競り合いだった。そもそもの火種は、この連なるみっつの国がヴァルファーレン皇国が統治するひとつの国であったことまで遡る。

なぜひとつの国がみっつにわかれたのか、ブラッドフォードたち民衆には政治のことはわからない。だがなんらかの理由があって東・中央・西のみっつにわかれた国々の君主たちは、日々を過ごすうちに隣の芝生の青さに不満を募らせ、剣を取ったのだろう。これが陸続きでなければそうはならなかったかもしれない。争いとは常に自己満足のためにある。無論それが国という規模になれば、君主たちの自己満足のための戦争だった。

「起きたんならオイラに稽古をつけてくれよ。あと二刻ぐらいなら日没までに戻れる」

ブラッドフォードは真っ黒な外套（がいとう）を羽織った。

短い手足をてとてと振って、リオはまとわりついてきた。

（……子どもに人殺しの技なんて教えるもんじゃないがな）

たとえ平和な世が来てもリオのような親を失った子どもの処遇など問題は山積みだ。

「へへっ、無視しても無駄だもんね」

石造りの厳（いか）めしい三層建築の館に、天高く聳（そび）えるは二柱の警備塔。女神が壺を抱えた像の噴水を備える庭園。厩、貯蔵庫、宮廷騎士団の訓練場から宿舎まで備えたオリヴィア王国・テンプル城は、その広大な敷地を囲うように石の塀が巡らされている。

中庭を突っ切ると、いかつい甲冑（かっちゅう）を身にまとった宮廷騎士団の一群とすれ違う。

「あの、お待ちください」――と、ひとりの兵士が首を捻（ひね）った。

リオは咄嗟（とっさ）にブラッドフォードの外套をめくって身を隠した。剣の鞘（さや）に頬を押し当て、ぎゅっと腰にしがみつく。彼らはその小さな侵入者には気づかなかった。飴色の大扉を開いた先は本来、許された者しか通ることはできない。

「新人か？」

ブラッドフォードは外套の隙間から剣の柄頭(つかがしら)を見せた。オリヴィア王家の紋様、茨の鳥籠に包まれた薔薇(ばら)が彫られている。王宮騎士団の入団試験の合否に関係なくこの国の君主に帯剣を認められた、女王直属の者を示す剣だった。

はっと顔を上げた兵士は「失礼しました！」と慌てて正面に向き直った。

「……こんな時間までサボって寝てたくせに偉そうにしてさ」

リオは密(ひそ)かに嫌みを呟(つぶや)いた。

「おまえ確か、屋敷内は出入り禁止だったな」

「そんなこと言うなよ、オイラとブラッドフォードの仲じゃないか」

細い腹がくるくると鳴いて空腹を訴えてきた。

「飯は食ったか？」

腰元の小さな頭を撫(な)でてブラッドフォードは囁く。

「ううん、まだ。腹減ったよぅ。お腹と背中がくっついちまうよ」

リオは急に甘えた声をつく。

「俺に言われて干しイチジクをもらいに来たと言え。ふたつだ。厨房はわかるな？」

「ふたつも食っていいのかい！」

「違う。もらったら屋敷を出て、陛下の内庭まで持ってこい」

「待ってよ、剣の稽古は？」

「また明日な」

「それ昨日も言った！」

「誰にもとっ捕まらずにうまいこと出来たら考えてやる」

「ほんとっ？　ほんとだよ！　明日こそぜったいだからね！」

まんまるの目を光らせてリオは素早く駆けだした。所々の遮光布に身を潜ませながら、まるでネズミのようにするすると女中たちの目をかいくぐっていった。

「……あれはもう特技だな」

ブラッドフォードはリオがまだ言葉もろくに話せなかった頃を思い出す。

四年前、彼はあろうことか街のパン屋ではなく、城の屋敷に食べ物を盗みに入った。いまよりももっと煤と泥にまみれて痩せ細っていたリオは宮廷騎士団の手練れでも捕まえられないほどすばしっこかった。ブラッドフォードが本気で追いかけ、ようやく取り押さえられたリオの処断は、女中を介した女王の一言で決まった。「陛下は〝妾の番犬の好きにさせよ〟とおっしゃっております――」と。

「あのガキが宮廷騎士団、か……」

大階段をのぼりながらブラッドフォードはしかめっ面で銀糸の交じった頭を掻いた。

館の中核は迷路のように入り組んでいる。

深紅の敷物が鮮やかな床を歩き、中央の大階段をゆっくりとのぼった。

二階は二十七もの部屋にわかれている。幼少期より仕えている女中ですら未だ部屋を間違えるほどこの屋敷が複雑なのは、女王を守るためだった。

三階へと続く階段は急に華奢(きゃしゃ)になる。わざと木で組んだ階段は、慎重に足を運ばなければ崩れそうなほど踏み板が細い。手すりにうまく体重をかけ、ブラッドフォードはつま先だけで歩いた。体重の軽い、細身で非力な女性にのみ、のぼることが許される階段だ。

五年前に崩御した初代国王エリザベス一世は、己が〝女の君主〟であることを心底理解していた。すべての国民に平等な権利を与えながらも、生物として男女には力の差があるからこそ、選ばれた男――すなわち彼女を丁重に扱う夫だけがこの華奢な階段をのぼることを許したのだった。

「……失礼、初めて見る顔だ」

ブラッドフォードは木製の食事運搬台(キッチンカート)を押す女中に声をかける。

「っ――なぜ、殿方が……！」

彼女の黒い艶やかな瞳に、怯えた影が差す。

「番犬、と言えばわかるな」

「あ、あなたが……、ヴァイス＝ライモンド」

ひとつにまとめられた髪には多くの白髪が交じっている。目尻には皺があり、古くからこの城に仕える女中のひとりであると自己紹介された。名はセラディィナ。給仕の女中は早朝に女王のしたためた文により指名される。常に決まった者ではないため、初めて見る顔であること自体はおかしくはない。

食事運搬台の上段にはシャンパングラスと、それよりもひとまわり大きなワイングラスが伏せられている。その横では銀のトレーの上で昼食皿を覆う、半球のクローシュが存在感を示す。下段には水差しが置かれ、麦のパンとエナ川周辺の平原でとれた果実がバケットに溢れていた。

「その男は死んだ」

「そういうことには……なっておりますわね……。しかし陛下はなにを考えてあなたを傍に置いていらっしゃるのか、わたくしどもには一切説明はありませんので……」

「別に俺を警戒するなとは言ってない」

「でしたら、あなたを特別扱いすることは致しません」

　彼女はすっと手を伸ばした。上段に畳み置かれていた布巾を手に取ると、クローシュごと下の銀のトレーがカタンと揺れた。ブラッドフォードは目を細める。

「いまが夜でしたら悲鳴のひとつでも上げてあなたを出入り禁止にするのですが」

　女中は心の底から残念そうに肩を落とした。

「毒味をさせてもらう」

「……それなら済ませてございます」

「誰が？」

　ブラッドフォードは彼女を鋭く睨む。

「一階で乳母のナタリー、二階では女中のロージィ、階段前でジェインでございます」

　数歩先の曲がり角では別の女中が白い手を前で合わせ、深々と頭を下げて待っていた。

　彼女たちの両手には常に真新しい絹の手袋がはめられている。給仕を任されたすべての人間がまとうものには汚れひとつ許されないのだ。

「このように」

　セラディナは布巾でクローシュの取っ手を摘まみ、ゆっくりと上げた。

　半分ほど食べられた鹿肉と、果実を煮詰めたソースが皿の隅に寄っていた。

茹でられた彩り野菜はほとんど欠片であった。

「ご覧のとおりでございます」

ブラッドフォードは黙って料理を見下ろした。

銀のトレーにはソースがこぼれている。運んでいる間に傾いてこぼれたのか、丸いクローシュでせき止められた痕跡があった。

（なるほど……）

これが女王の食事というものだ。せっかくの盛り付けは崩され、食い散らかされて冷めた料理は決して食欲をそそる見た目ではない。

「これでもご納得いただけないのでしたら、どうぞわたくしの身体をお調べになってはどうですか？」

「悲鳴を上げる気だろう。その手にはのらん」

「……なにを疑っていらっしゃるのか……」——彼女は鼻で笑った。

濃いソースの香りに混じって、微(かす)かに花の匂いがする。料理に花は添えられていない。

（薔薇……の類いか？）

ブラッドフォードは先ほど彼女が台の上に置いた布巾を取った。「どうぞ」と、セラディナは白けた顔をした。ブラッドフォードは布巾に鼻先を近づける。違う、と呟きながら彼女を盗み見た。彼女はクローシュの内側を隠すように〝それ〟を胸に抱いた。

(確かリャナ谷には微量の毒を持った野花があったな……あの匂いか)

布巾を折り畳んで銀のナイフとフォークを取り、窓に近寄って日差しの下で輝きを見定める。カトラリーに曇りはひとつもない。

(あの花びらを口にしたぐらいでは吐き気をもよおす程度だが、煮詰めれば致死量になるかもしれないな……)

伏せられたグラスも同様に確かめた。シャンパングラスには口がつけられた跡があり、グラスの内側が濡れていたのでブラッドフォードは無視した。水差しを持ち上げると、ワイングラスに一口ぶんの水を注ぎ、グラスの中でくるりとまわしてから飲み干す。

(……匂いが強くなるのは誤算だったかもな)

「っ……」

その一連の様子を女中のセラディナは訝しげに見守っていた。

「もうよろしいですか。陛下のお食事にけちをつけるなど、本来あってはならないことですよ」――汚物を見るような目だった。

「やけに俺を警戒するな」

「あなたが……殿方だからでございます」

「さっきからその心配ばかりだな。寝室のシーツをあらためると言っているわけでもないのに、随分と落ち着きがないな……。言い方は悪いが、ものを知らない年齢ではないだろう」

セラディナは怒りにむっと顔を赤らめた。

「シャルロット様……いえ、エリザベス二世はまだ十五歳でございます。母王様が崩御され、同時に、第一王女アイラ様まで薨御（こうぎょ）されたということが、いったいどのような事態かおわかりですか。あなたは殿方、わたくしども女中から見れば男は全員、獣です」

現国王・エリザベス二世は、まだどの男にもその肌を許していない。

絶対君主にして、堅硬なオリヴィア王国の基盤を築き上げたエリザベス王家の崇高な血を継ぐ者は、これから先、どの男を寝室に通すかにかかっている。

(言い分はごもっともだが……)

ブラッドフォードが訊（き）いているのはそんな大層なことではなかった。

「この城には番犬（あなた）をよく思わない者が多いことは……ご承知くださいな」

蔑（さげす）む視線は、ブラッドフォードの左目に向けられていた。額から瞼まで刻まれた傷跡は、ヴァイス＝ライモンドを知る者には、あの日あのとき〝シャルロット王女に抵抗されてできたもの〟と見えるだろう。彼女はぎらぎらと睨み上げてくる。

「……まもなく十三の鐘が鳴ってしまいます」

セラディナはそう吐き捨てるように言ってさっさとクローシュを元の位置に戻した。

銀のトレーとクローシュの隙間に、わずかだが茶色のソースがついていた。

「おまえは毒味をしないのか？」

「わたくしは毒味係には指名されておりません。しつこいですね、もういいでしょう」

「そうか。だったら——」

早くその場から去りたいとでも言わんばかりに押された食事運搬台を、ブラッドフォードはがつんと押さえつけた。

「キャア……ッ」

急に止められたために振動でグラスが落ちる。

それらが床で砕ける様に気を取られたセラディナは、簡単に腕を捻られた。

「なっ、なにをなさるのです！」

彼女の悲鳴は屋敷中に響き渡った。

「陛下はこんなものを召し上がらない」

ブラッドフォードは左手を振り上げてクローシュを払い落とした。空中で舞うそれは回転し彼の鼻先をかすめた。煮詰められたような、甘ったるい花の匂いを感じ取る。

転がった銀の半球の内側にはソースがついていた。

「代わりに、ぜんぶ食え」

「なっ……！」

セラディナの顔から一気に血の気が引いた。手足がぶるぶると震え出していた。

銀のフォークを摑んだブラッドフォードはそれを鹿肉に突き刺した。そして皿に広がる濃厚な果実のソースをたっぷりと塗りつける。鹿肉をずるりと持ち上げると、飴色の液体は血のように床にぽたぽたとしたたり落ちた。

「どうした」

「あ……、あ、ぁ」

「なにを怯えている。毒味は済んでいるのだろう？」

「……なぜ――……、そんな……」

やがて彼女は絶望の表情を浮かべて膝からくずおれる。ブラッドフォードから「食え」と口元に押しつけられた鹿肉から、慌てて顔を逸らした。

彼女は血色をなくした下唇をかみしめて俯いた。

「おまえはみっつの嘘を隠せなかった」

ブラッドフォードはため息をつき、穢れて伸びた飴色のソースの池に、銀のフォークごと鹿肉を放った。オルデナ山林の裾野に咲く花々が描かれた平皿には、ズワナ大河を彷彿（ほうふつ）とさせる亀裂が走る。

「ひとつ目。食事の毒味の三回は、肉（メイン）の周囲、中心部、表面と決まっている。だから皿の隅に寄ることはありえない」

　ブラッドフォードの声は冷たく掠（かす）れていた。怒り、憂い、哀しみ、そんな情の響きは微塵（みじん）も含ませていなかった。彼女の怯える身体に、容赦なく言葉の槍を突き落とす。

「ふたつ目。俺に声をかけられたせいでその不自然さを直す時間はおまえにはなかった。わざとクローシュを上げて見せて毒味は済んだことを強調した。毒は予（あらかじ）めクローシュの縁に塗っておき、密かにトレーの下に布巾を差し入れ、トレーを傾けて鹿肉を接触させ毒を移した……といったところか」

「……あ……、ぁ……」

　浅く吐かれ続ける彼女の呼吸音を、ブラッドフォードは耳障りだと思いながら聞く。

「みっつ目。おまえは第一王女を、アイラ〝様〟と呼んだ。それで俺は確信した」

「っ……！」――ひゅっと息をのむ音がした。

　五年前、ヴァイス＝ライモンドという男に暗殺されたのは、エリザベス一世だけではなかった。彼女にはふたりの娘がいた。当時二十歳の第一王女アイラと、十歳下の第二王女シャルロットである。

　姉のアイラは外交にも政務にも興味はなかったが、快活で宮廷内の味方も多かった。

　いっぽう妹のシャルロットは、その姉の陰に隠れるように一日のほとんどを勉学に費やしていた。周囲から愛情を注がれて育った姉と、本と向き合うだけの孤独な妹であった。

　当然ながら、宮中ではほとんどの者が王位継承権第一位のアイラに期待を寄せていた。

　だがアイラは母王とともに、ヴァイス＝ライモンドに殺された。

　エリザベス一世と第一王女アイラを同時に失ったこの国は、深い悲しみと不安を胸に抱きながら、王族唯一の生き残りである幼い第二王女に目を向けた。宮中の者たちは口を揃えて、助言と称し、幼い彼女に政の放棄を進言した。だが十歳の少女は周囲からの助言には耳を貸さず、自ら〝エリザベス二世〟即位を申し出たのだった。

　あれからすでに五年が経過しているが、屋敷内外には未だに第二王女シャルロットの統治を納得していない者もすくなくない。

「陛下に忠誠を誓う女中はアイラを呼び捨てにする。そういう暗黙の了解だ。……俺が言わんとしている意味はわかるな？」

　セラディナの全身から力が抜けた。ブラッドフォードが緩やかに拘束を解くと、彼女は両手で顔を覆い、わっと泣き出した。

「あぁ……アイラ様……！　貴女さえ生きていてくださったら、わたくしの娘は宮中にお引き立ていただき、息子はっ、宮廷騎士団にご推薦いただけたのに……ッ！」

騒ぎを聞きつけた者たちが階段を駆け上がってくる。

「俺は女だろうと容赦はしない。住み込みのおまえひとりで毒の調達は困難だ。陛下の死を望み、協力した連中を吐くまで痛い思いをすることになるだろう」

「あ、あぁ……」

低い声で拷問を仄めかすと、セラディィナの嘆きは激しくなった。

「何事でございますか！」

急いで走って来るナタリーの叫び声が聞こえた。ブラッドフォードがそちらに気を取られた瞬間、セラディィナは食事運搬台に飛びついた。

「チッ……！」

ブラッドフォードは咄嗟に彼女の髪を掴む。

だが彼女は鹿肉を手摑みで口の中に詰め込んだ。

……――ごくんと飲み下す音がした。

すぐに顔を上げさせ、ブラッドフォードは彼女の口に指を突っ込んだ。

激しく背中を叩いて吐かせようとしたが、ぎろりと睨みつけられ、その指を噛まれる。

食いちぎられる前に慌てて指を引き抜いた。彼女は一矢報いることができなかったとでも言いたげにグゥゥと嗚咽を漏らしながら倒れ伏した。

「キャアアッ」

セラディナの吐血に女中のひとりが悲鳴を上げた。

彼女は喉を掻きむしって暴れ狂い、カーテンを摑んで引きちぎる。凄まじい苦悶の後にことりと動かなくなったセラディナの姿は、その場の空気を凍らせた。ブラッドフォードは屈んで口元に手を翳す。……もう、息をしていない。

「片付けろ」

立ち上がってそう言うと、乳母のナタリーだけが気丈に「はい」と答えた。他の女中たちは恐ろしさに身を寄せ合ってすすり泣いている。

「陛下に報告は不要だ。あの方は聡明だ、気づいてらっしゃる」

遠く執務室の扉を一瞥した。

景色から切り取られたかのように、そこだけが静まりかえっている。

「俺にはわかる」

十五歳の女王は、部屋から顔を出す様子すら見せなかった。

城内の奥にある内庭には、王宮騎士団の者も、女中すらも近寄ろうとはしない。女王の命令でブラッドフォードがつくった、王族憩いの庭だ。それ故に庭師すら立ち入らず、手入れはもっぱらブラッドフォードと〝女王に庇護された者〟の仕事だった。

内庭は先のとがった鉄の格子に囲まれ、小さな池には色鮮やかな三匹の魚が泳いでいる。その傍にはまるで子どもが耕してつくったような粗末な畑がある。実も生りそうにない野菜の苗が植えられ、ひょろひょろと伸びていた。

「こりゃあ肥料がだめだよ」

大きな干しイチジクをしゃぶりながら、リオは土に手を突っ込んだ。

イチジクはオリヴィア王国の特産品だ。熟した果実は赤子の顔ぐらい大きく、とても甘い。だが収穫の時期は短く腐りやすいため、穫れたてを味わえるのは農家の者だけで、干したものを食すのが定番であった。極限まで水分を抜いてイチジクを干すのは手間暇がかかる上に収穫の時期が短いことも相まって、最上級の保存食として限られた数だけが流通している。女王への献上品としても有名である。

めったに食べられないおやつだ。リオはもぐもぐと大事に噛みしめていた。

「そうか……やはりわたしの糞では肥料にならないか」

少年の腰に鼻先を擦(こす)り付けて太い声を出すのは、成熟した〝白狼(ビャクロウ)〟だ。身の丈は少年よりも二回りほど大きい。全身が真っ白な毛で覆われた狼の亜種である白狼は、かつてオルデナ山林からリャナ谷あたりに生息していた、英知に優れる絶滅種の生物(せいぶつ)だ。

「シドは最近なに食ってる？」

シドと呼ばれた白狼はうぅんと唸(うな)る。

「林檎(りんご)……いや、梨が多いな」

人の言葉を理解し、戦闘にも秀でた肉食の白狼は、生活を脅かす害獣として人間たちに狩られた歴史がある。捕らえられた彼らの白銀の毛は寒さをしのぐ外套にされ、その骨と牙は鏃(やじり)に利用された。肉は臭くて食えたものじゃないとズワナ大河に捨てられていたから一時は下流に悪臭がたまった。白狼たちはその赤い目から憎しみの涙を流し、同胞たちの亡骸(なきがら)を食らって己の血肉に変えた。無論、シドの家族も例外ではなかった。

けれど白狼(シド)と人間(リオ)は、そんな殺戮(さつりく)と憎悪の歴史など感じさせないやり取りをしている。

「梨じゃあ肥料にならないよ。ありゃあほとんど水だもん。せめて穀物は食わないと。糞だから肥料になるんじゃないんだよ、なにを食った糞なのかが大事なんだ」

「畑をつくるのは難しいのだな」

リオは土の上に尻をつけ、シドの白いふわふわの身体に寄りかかった。

「あ、そうだ！　麦なら貯蔵庫に腐るほどあるじゃないか」

「麦は不味い。口の中がぱさぱさする」

「違うって。麦はね、粉にして、水で練って焼かないとオイラだって食べられないよ」

「まさかそれを陛下にやらせるつもりか？」

白狼と少年は至近距離で顔を見合わせた。

「女中さん、まだご飯をくれないの？」

「当たり前だろう。わたしは白狼だぞ。食べ物をくださるのは陛下だけだ」

「えっと……それさ、陛下に言った？」

「言ってどうするんだ。わたしに近づく人間なんて陛下とおまえくらいさ」

シドは女王の庇護下にある、白狼唯一の生き残りだった。

白狼狩りが廃止されたのは、つい五年前のことである。エリザベス二世は即位とともに白狼との共存を宣誓した。だが女王の一言があっても、白狼を恐れ、迫害し、狩り続けた人間たちの長い歴史はそう簡単に消化できるものではない。宮中の人々は保護されたシドを受け入れず、シドも彼らと関わろうとはしなかった。シドが忠誠を誓っている相手は己をこの内庭に住まわせてくれるエリザベス二世ただひとりである。

「せっかく陛下が植えられた苗だ。せめて実をつけさせたい」

「じゃあブラッドフォードにお願いするしかないね」

「ほう、なんて言って？」――シドは面白そうに鼻をひくつかせる。

「明日からシドが食べるパンを厨房から盗んできてよ、って」

「ハハッそりゃあ名案だ！　あいつに悪さをさせるのならば、わたしも心が痛まない」

「……俺になにをさせるつもりだ」

ふたつの頭を上から押し摑んで、ブラッドフォードは低い声で言った。

「おぅ相棒、今日も辛気くさい顔をしているな」

シドは首を捻って大口を開けて笑う。

「いつもこの顔だ……リオ、干しイチジクは盗ってこれたか？」

少年も振り返ってこくんと頷く。首に提げている革袋をブラッドフォードにひょいと掲げて見せた。

「遅いからひとつはもう食っちまったよ。すっげぇデカいんだ。城下町の市場でもこんなの見たことないね。やっぱり献上された食べ物は違うよ！」

「ひとつ残ってるならいい」

労いを込めてブラッドフォードは小さい頭をがしがしと掻いた。

「これシドのぶん？」

「わたしは今朝、陛下から林檎をいただいた」

「あれ？　じゃあブラッドフォードが食べるのかい？」

不思議そうに見上げられたブラッドフォードは、視線を外したまま応えなかった。

「ところで相棒、血の臭いがしたな。……もしやおまえか？」

「いや、俺じゃない。ネズミが勝手に毒を食って死んだだけだ」

「こんなにご立派なお屋敷でもネズミは出るんだね」

リオは小さな肩を跳ねさせた。

「……」「……」

ブラッドフォードは無言のままシドに目配せする。白狼は相棒の不器用さにやれやれと鼻を鳴らした。

「ネズミは自分が通れる穴さえあればどこにだって入り込めるのさ。そろそろこの屋敷も隅から隅まで塗り固めが必要だってことだよ」

大人のきな臭い話は子どもに聞かせるものではない。シドはリオを誤魔化すのがうまかった。白狼はもとより人間よりも頭が大きく、知能も上だと言われている。ブラッドフォードよりもよほど機転が利くのだった。

「通れる穴があれば——って、オイラと一緒だね」

「フハハハッ、まぁそうだな！　泥だらけなところも一緒だ！」

「ひどいなぁ。オイラはネズミよりはきれいさ！」

「っ、……おいリオ、干しイチジクを寄越せ」

ブラッドフォードは先ほどの騒動の中、拝借してきた布巾を手の平に広げて差し出した。その妙に慎重でうやうやしい彼の動きにリオは一瞬「えっ急になに」と驚く。リオはそろそろと首から提げた革袋から干しイチジクを摘まみ出し、その布巾の上に載せた。

「なんだよそんな怖い顔して……ど、毒なんて……入ってなかったよ？　オイラいまさっきひとつ食ったもん！　ほら、ブラッドフォードも早く食べなよ！」

「これは俺のぶんじゃない」

「え？」——丸い目が瞬いた直後だった。

そよ風に流されて香水の甘い匂いがした。

それにいち早く気づいたシドが、その場でスッと尻を落とした。続いてブラッドフォードも振り返り、布巾を丸くまとめると、白狼とおなじ方を向いて腰を折った。

リオだけがいったい何事かとふたりを交互に見やる。

「な、……なに、――」

ゆるいウェーブのかかった長い金糸が、陽の光を透かすように煌めいた。

初雪のように柔らかく滑らかな肌。翡翠色の瞳を縁取るのは金色の長い睫毛。

こまやかで豪華なレースがあしらわれた絹のガウンドレスはゆったりとしていながら上品で、一歩一歩を踏み出す脚にまとわりつくことなく、凛としたその立ち振る舞いを飾っていた。

リオは神々しいほどに美しい少女に目を奪われた。年の頃は変わらない。けれど直感で自分とは明らかに違う人間だと思った。身体に流れている血も、宿る魂も――。

「……ぁ、っ……」

その宝玉のような瞳を向けられたリオの手足は、得体の知れない魔法にかけられたかのようにぴくりとも動かなかった。ぽかんと開いた口を塞ぐことすらできない。

「リオ、頭を下げろ」

「へ……？」

「いいから下げろ、……陛下だ」

リオはブラッドフォードの言葉を理解するのにいささか時間がかかった。

陛下とは――つまり、このオリヴィア王国の絶対君主・エリザベス二世のことである。

「えぇっ！」「でかい声を出すな馬鹿！」

飛び上がったリオの背中をブラッドフォードはばしりと叩く。

「おまえの声のほうがでかいぞ、相棒」――シドはふっとため息をついた。

すまん、とブラッドフォードは小さく咳払いをする。

リオは慌てて思いっきり頭を下げた。けれど子どもの好奇は隠せなかった。人形のように見目麗しい女王を、是が非でも盗み見ようとした。だが隣のブラッドフォードに気取られてぐいっと後頭部を押さえつけられる。

「ね、ねぇシド、陛下がこんなところまで降りて来て大丈夫なのかい……？」

「心配いらない。内庭には常にわたしがいる。好んで白狼に近づく輩はいないさ」

囁き合いながら三人はじっと芝生を見下ろしていた。

「そうかしこまるな。面を上げよ、妾の番犬よ」

背筋が冷たい――とリオは思った。声は柔らかいのに、響きがどこか恐ろしい。

「失礼します」

そう断ってからブラッドフォードはゆっくりと顔を上げた。「いいの？」と、リオはシドに囁き「いいと言われたらいいんだ」と言い合って、やっと三人は背筋を伸ばした。

「番犬、先ほどの食事時だがな」

「はい」――ブラッドフォードの返事は硬い。

「みっつ目は余計であったぞ。妾はそのような細かいことは気にせぬ」

「……俺が気に食わなかっただけです」

「まぁよい。よくやった、褒めて遣わす」

「ありがとうございます」

再び一礼したブラッドフォードにつられて、リオもぺこっと会釈した。

「随分と小さな従者であるな。いつから傍に置いておるのだ？」

首をかしげたリオは片頬をぷくりと膨らませた。

「小さい……？　陛下とオイラの身長、あんま変わんねぇけど」

ブラッドフォードはまたリオの頭を押さえつけた。

「おいリオッ！　申し訳ございません。こいつは、その……」

「出入りしている商家の息子だ。そうだな、相棒？」

「あ、あぁ……」

咄嗟の助け船にブラッドフォードは気まずく頷いた。

「番犬たちよ、子ども相手にそう毛を逆立てるでない」

「陛下だって子どもじゃん――」

「誠に申し訳ありません！　……後できつく言って聞かせます」

するとシドがたまらんと言わんばかりにブッと笑い出した。

「ほらな相棒、やっぱりおまえの教育じゃあ子どもはまともに育たんよ」

「おまえも連帯責任だろ」

「喧嘩をするでない。妾の番犬はふたつでひとつ。仲睦まじくせよ」

ブラッドフォードとシドの〝ふたつ〟は、揃って初めて、女王の番犬だ。

人間では補えないところを白狼が、その逆に白狼ができないことを人間が、とエリザベス二世からは役割の分担が命じられている。

「はっ」「はい」

内外から常に命を狙われている女王を度々救ってきたのはブラッドフォードであり、シドでもある。今回シドには活躍の場がなかった。しかし鼻が利くのは人間よりも、圧倒的に白狼のほうだ。そんな相棒のシドが内庭で寝ているお陰で、ブラッドフォードはリオが言うように時折、昼行灯になれるのである。

厩で寝起きしている男を、女王の番犬と認識している者はあまりいない。

どちらかといえば内庭にいる白狼を女王の番犬と思って皆が恐れ、女王に手を出せないというのが内外の認識だった。

「ところで陛下、こちらを」

ブラッドフォードは一歩進み出た。布巾を開いて干しイチジクを差し出す。すると女王は疑うことなくそれを手に取った。

「褒美をとらそう」

「いえ、俺には――」

「従者の腰に剣がないのはおかしいであろう。いずれ妾のお古の細剣でも持たせよ」

「え……」

ブラッドフォードは呆気にとられた。いっぽうシドは喜びに沸き立つ。

「よかったなリオ！　しかも陛下が手にされた剣ということは、王家の紋様が入った特別な品物だぞ。おまえの夢に一歩近づいたんじゃないか？　地下室から葡萄酒を一本かっぱらって帰れ。今夜は思いっきり祝杯を挙げな！」

「おいシド、こいつはまだ飲める年齢じゃない」

「やれやれ融通の利かないやつだよ。そういうのには目を瞑るのが大人ってもんだ」

エリザベス二世は表情を変えることなく手にした干しイチジクを嚙みちぎり、踵を返す。彼女はそれを嚙みしめながら「うまい」と言い残して去って行った。

「……う、嘘だろ……」

リオにとっては驚きの連続だった。美しい女王の姿がすっかり屋敷内に消えてから、へろへろと腰を抜かした。

「へっ、へ……、陛下が……オイラが触ったものを食ってたよ……？」

「他言するな」

ブラッドフォードはため息を混じらせる。

「たごん？」

「わたしたちだけの秘密だということだ、そうだろ相棒？」

「そういうことだ。おいシド……いつまで笑ってる」

白狼は地に顔を突っ伏し、前脚で鼻頭を押さえていた。

「クックック、主人の機嫌がいいときは、犬も機嫌がいいということさ」

オルデナ山林から吹き下ろす風が強い。

夕日が海に浮かぶ島々の陰に消え落ちると、空気が冷えるのが早くなった。まもなく豊穣の季節が終わる。北方から東にかけての山々が白くなり始めたら冬の到来だ。

ブラッドフォードは冷たい夜風にあたりながら、テンプル城内の巨大な貯蔵庫の屋根の上にいた。女王が住まう屋敷に負けじと広い貯蔵庫の中には、これから訪れる冬を越してもおそらく余るほどの作物がおさめられている。

豊穣の三連国と呼ばれる西部・東端・そしてこの中央は〝豊穣〟と名がつくだけあり一年を通して作物の実りがいい。それは北東のズワナ大河、中央のエナ川の源流となるオルデナ山林が三連国の国境にあるためだった。冬に積もった雪が、春になると放射線状に恵みの水をもたらしてくれるお陰で、雨のすくない日が続いても、川から水を引くことができるのだ。

長い春と、短い冬。豊富な水と太陽の光に恵まれた大地。そんな三連国の中でも特にオリヴィア王国は海の幸と山の幸の両方に恵まれて豊かだ。雪の影響を受けるのも北方の一部だけで、人が住むのにはもっとも適している国といえる。

故に西部ヴァルファーレン皇国は、もとはひとつの国であったと主張した。

いっぽう東端エルンスト諸侯同盟は、飢えと寒さは奪うことで補おうと考えた。

中央セントラルを支配したい——ふたつの君主の邪心が透けて見えるような国土の争いは続いた。

初代女王・エリザベス一世は、中央オリヴィア王国が独立した国家であることを譲らなかった。国民もおなじ考えだった。西部・東端、双方から挑まれれば交戦し、刃には刃をもって侵略をし合う、泥沼の戦を受けて立っていた。

しかしエリザベス二世の代になって、急に中央オリヴィア王国の戦線は一転する。

彼女は〝あわよくば侵略〟の戦から、〝徹底した防衛〟の戦に流れを変えたのだった。

まず激戦地である北の三国が交わる国境線の手前に強固な砦をつくった。宮廷騎士団の新兵と老兵を筆頭に再編成された警備隊を配備し、自警団を戦線から離脱させた。南西のバルエルゲ海には荒くれ者だった海賊たちを海兵隊として雇って、昼夜問わず港の警備にあたらせた。そして母の代までは紛争の最前線に立たせていた宮廷騎士団の精鋭部隊には国境を越えて隣国の兵士を追わないよう命じた。それは侵略戦争で勝つのを諦めたにも等しい決断だった。

なぜ——と。エリザベス二世の命令に、オリヴィア王国の側近らはざわついた。

「やはり十を過ぎたばかりの子どもに政治など不可能だ」

「せめて第一王女のアイラ様が生きていらしたら……」

「なぜ精鋭の我らを退かせた！　攻めない戦などありえない！」

（こうやって戦乱はつくられるのか）

ブラッドフォードは国民が息巻く庭園の隅で、その瞬間に立ち会うことになった。

騒ぎを聞きつけたエリザベス二世が、乳母の制止を振り切って庭園に降りてきたのだ。


ならば妾を殺せ。

妾を殺すことは、この国を殺すこととおなじ。

その反逆の罪を生涯背負える者は、名乗り出るがよい。

妾はいつでも死ぬ覚悟は出来ておる。

その覚悟とは、この国とともに死ぬ覚悟のことぞ。


彼女の声が響き渡ると、直後、恐ろしい静寂が城内を支配した。十歳の子どもとは思えぬ腹の据わった言葉に、大人たちは畏敬を覚えた。黙らざるをえなかったのだ。

そんな中、我ならばと猛々しく剣の柄に手を掛けた宮廷騎士副団長は、しかし翡翠色の双眸を向けられて途端に震えだした。彼は結局抜けなかった。いまここで君主が急転する反乱が起きてもおかしくない緊張の空気を変えたのは、他ならぬ、エリザベス二世の強い瞳だった。国に命を捧げる覚悟を決めた女王に逆らえる者はいなかったのだ。

「この国のために死ぬ女王……か」

ブラッドフォードは彼女が住まう屋敷を見やる。

いまやオリヴィア王国では食うに困って子を売る親はいない。働き手を欲して、人を買う者もいない。国民の誰もが、支え合ってともに暮らしている。そんな当たり前だった悲劇が、彼女の決断によって当たり前ではなくなったことに誰も気づいてはいない

――エリザベス二世は母親が成し遂げられなかったことを、わずか五年足らずで成し遂げたのだ。

「……怖い女王様だ」

ブラッドフォードは彼女の考えを理解していた。この貯蔵庫は有事のためのものだ。

冬を越せたとしても平穏な春を迎えられる保証はない、と、エリザベス二世はあらゆる最悪を想定しているのである。それが彼女の〝徹底した防衛〟の戦略だった。

――不意に、白狼が細く鳴いた。

ブラッドフォードは剣を取り、貯蔵庫の屋根から滑り降りた。

「どうした」

内庭の鉄柵を押し開けると、シドが赤い目を鋭く光らせていた。

「相棒、血の臭いだ」

「昼間のがまだ残っているんじゃないのか?」

「いいや違う、……まだ新しい」

「どこからだ」

「三階だ。しかも奥だな」

宵闇の中では白狼のほうが圧倒的に探知に優れている。

「おそらく陛下になにかあった。執務室の灯りがついたままなのに、寝室まで明るい。だが女中どもが慌てている気配はないな。妙だ。相棒……どうする?」

ブラッドフォードは右脇の短剣を静かに引き抜く。

「おまえはこのまま外を見張れ」

「夜警の王宮騎士団に伝達は?」

「執務室の灯りが消えたときは走れ」

「了解、相棒」

女王の番犬はふた手に分かれ、ブラッドフォードは屋敷の裏手にまわった。執務室の真下まで行くと短剣の柄を口に咥え、石の壁に足を引っかけた。反動をつけて一階の窓に飛びつく。女王のいる三階に――昼間のように――男が立ち入ることは、如何なる理由があろうと許されない。

二階の窓までよじのぼり、ブラッドフォードは腰元の革袋をまさぐった。執務室の窓枠めがけて鉄鉤付きの麻縄を投げる。木製の窓枠にかつんと当たって鉄鉤が引っかかった。すると錠がおろされた音がし、窓がうっすらと開けられた。

「……番犬、気づいたか。のぼってまいれ」

イブニングドレス姿のエリザベス二世が囁きを落としてくれたのを聞き、ブラッドフォードは縄を伝って三階にのぼった。

明るい室内に忍び入るとすぐさま短剣を構えたが、不審者がいる様子はなかった。

壁一面の本に囲まれた執務室。革張りの椅子の上には、書類が乱雑に置かれている。女王の目が通されていない書類が山積みだった。ブラッドフォードは初めて入ったわけではないから驚きはしないが、彼女の公務にかける熱量にはやはり圧倒される。

「ご無事でしたか」

まぁな、とエリザベス二世は曖昧に応え、執務机の上に羽根筆を戻した。まだ乾いていないインクの匂いがする。彼女は豊かな髪を後ろで束ね、寝る前の格好だった。

「こんな時間までなにかお書きに……？」

「ちょうどそなたを呼ぼうと思っておった。事を荒立てたくはないのでな」

ブラッドフォードは不思議に思いながら短剣を鞘にしまう。

「ついてまいれ」

灯のついた燭台（しょくだい）を手に、エリザベス二世は執務室を出た。そのあとをブラッドフォードは追う。廊下には誰もいなかった。交代で警備にあたる女中の姿も見えない。

「先ほどナタリーに言いつけて人払いをした」

「なぜ警備が手薄になることをなさったのですか？」

「この時間にそなたと共におるところを見られては困るであろう」

（どういう意味だ……？）

ブラッドフォードは次第に腹の底が冷えていくのを感じた。

三階のもっとも奥に位置するその部屋に足が運ばれるのを「陛下」と呼びかけて止めようとしたが、彼女は反応すらしなかった。

「ここは、……陛下……寝室ですが」

「そんなことはわかっておる」

「わかっていらっしゃるのですか」

狼狽が先立ち語尾が小さく消える。

(俺をからかっていらっしゃるのか……いや、この方に限ってそんな悪い冗談は……)

獣という言葉が脳裏をかすめた。主人から求められて応えないわけにはいかないが彼女は相手を間違えている。初めての相手はせめて国民が納得する相手、――たとえば武芸に秀でた宮廷騎士団の者……勇猛果敢な男が相応しい。幾人か試した上でなかなかうまくいかなければ、代理として内密に――であればまだ納得できるが。

「俺では……よろしくないのでは……」

「そなた以外の誰に頼むというのだ。シドか？」

「あいつは人間ですらないので……、おそらく喜ぶとは思いますが……」

「なにをわけのわからぬことを言っておる。とにかく入れ。早くせい、人が来る」

(……本気か……)

ブラッドフォードはこれ以上ないほどの緊張を味わいながら、花の香りがする寝室に足を踏み入れた。けれども室内に充満する血の臭いに気づき顔をしかめる。

(あの野花を煮詰めた匂い……賊か！)

素早く女王の前に飛び出し、短剣を突き出す。

部屋の中央に人の気配を認める。しかしその影はぴくりとも動かない。

巨大なガラス窓から差し込む月光と、ベッドサイドに置かれた燭台の灯りが交差し、人影を複雑に延ばしていた。「そやつはもう死んでおる」と、女王は冷静に言った。彼女は静かに扉を閉めて、なぜか内側から錠を掛けた。ブラッドフォードはその行動を疑問に思いながらも短剣を納めて横たわっている人影の前に片膝をついた。――男だ。

「これを持て」

燭台を翳されたのでブラッドフォードは受け取って灯りを当てた。

男は仰向けに倒れ、口から血の泡を吹いて絶命していた。喉を掻きむしった形跡がある。その死に様は、昼間に見た女中と似ていた。ブラッドフォードは顔を近づけ鼻をひくつかせた。あの野花の匂いが男の口元から漂った。

「寝室の鍵が開いておったのだ。ナタリーは不審がって室内を警備兵にあらためさせると言ったがな……妾には心当たりがあった。鍵をかけ忘れたのであろうと適当に誤魔化して妾ひとりで寝室に入ったところ、男が死んでおったのだ」

「なぜそのような危険なことを……」

ブラッドフォードは慎重に男の喉に触れた。冷たい。死んでから時間が経過している。

「ちょうどその頃にシドが鳴いたのを聞いたのだ。言うたであろう、妾には心当たりがあると。寝室には妾ひとりで入る必要があったのだ。番犬、あれを見ろ」

男の足下を指さされる。

（なんだ……？）

燭台を揺らすと、目映い反射があった。ブラッドフォードは思わず目を細めた。

拳ほどの大きさの美しい宝玉が転がっている。焼かれた土器の台座には色とりどりの宝石がちりばめられ、一見して高価な代物であることがわかった。だがそれよりもまず目を奪われるのは、光を乱反射する大きな宝玉だ。何色と、一言ではあらわせられない無数の色を見せる輝きだった。

「あれは『十二色の宝玉』というものだ」

「十二色の宝玉、ですか」

「話はすこし込み入る」

エリザベス二世は腕を組んだ。

「よく聞け、二度は言わぬ。この宮中でもごく一部の者しか知らぬことであるぞ」

ブラッドフォードは片膝をついたまま顔を上げた。

豊穣の三連国にはそれぞれ『君主の証（あかし）』というものが存在する。王を名乗る者に偽りがあってはならないためである。君主の証は、即位表明の際や国同士の会談の席にこれを持ち、我こそは王であると示すことが暗黙の条件となっている。逆をいえば、君主の証を持たない者は、国の王ではない。

西部を支配するヴァルファーレン皇国は、初代皇帝が戦場で振るったとされる『獅子王の聖剣』がそれにあたる。剣の柄には獅子の宝飾が施されており、その獅子の瞳には多くの血を吸って築き上げた大国の強さを表す、赤い宝石がはめ込まれている。

いっぽう中央を統治するオリヴィア王国は、ヴァルファーレン皇国から独立してまだ歴史の浅い新しい国だ。独立にあたって初代エリザベス一世には、ヴァルファーレン皇国の先代皇帝から、君主の証として『エリザベスの鏡』が贈られたと伝えられている。

「――そしてあれが十二色の宝玉、東端エルンスト諸侯同盟の諸侯貴族たちが議会で決めた盟主が持つものだ」

淡々と語るエリザベス二世の冷静さが信じられなかった。

ブラッドフォードの表情はみるみる険しくなる。

「そなたの言いたいことはわかる。なぜエルンスト諸侯同盟の盟主が持つ十二色の宝玉がここにあるのだと疑問に思っているのであろう？」

「それはもちろんですが、我が国の君主の証、エリザベスの鏡はご無事なのですか」

「……」

「……陛下？」

女王は金色の髪を耳に掛けた。

「ない」

「ない……？」

不穏な表情を浮かべるブラッドフォードを試すように、女王は今一度、転がっている死体を指さした。その先を目で追った。

燭台を翳して目をこらす。男は宮廷騎士団の胸甲冑のみを着けていた。武器の類いは携帯していない。それ以上の情報はなかった。「甲冑の内側を見よ」と女王から言われるがままにのぞき込むと、男の上衣の胸元に、前脚を振り上げた獅子の刺繍が施されているのが見えた。

「おそらくヴァルファーレン皇国の者であるぞ」

「内通者……ですか」

「昼間の騒ぎに乗じて何者かがこの寝室に侵入し十二色の宝玉を置いた。おそらくその男は〝騒ぎにするために〟わざわざここで殺されたのであろうな」

「では他の何者かがエリザベスの鏡を……」

「まぁ、そういうことであるな」

「すぐに王宮騎士団を集めて怪しい者を洗い出しますか？」

「ならん。エリザベスの鏡がないということは可能な限り隠さねばならぬ」

「では、シドに追わせますか？」

「どう追わせるのだ」

「陛下の香水の匂いをたどらせるのはいかがでしょうか」

「掃除の女中は日ごとに代えておる。いくら白狼といえど昨日今日の匂いの違いまで判別はつくまい。それに白狼を無闇にうろつかせるのは妾の信用に関わる」

　万事休すか。どうする、とブラッドフォードは逡巡（しゅんじゅん）する。内通者の存在を許したのは自分の失態だ。だがすぐに良案は浮かばなかった。

「……申し訳ございません」

「そなたに謝れとは言うておらぬ。責めるためにそなたを待っておったわけではない。

騒ぎにはできぬが、急がなければならぬ事情があってな」

　エリザベス二世は小さく嘆息した。

「実はオルデナ山林に雪が積もるとき、三連国停戦条約を締結する予定であったのだ」

「停戦、ですか」

　はっとブラッドフォードは顔を上げた。

「母上と妾の考えは違うことはそなたも理解しておるだろう。愚かな領土争いにはどこかで線を引かねばならぬ。攻め合い、殺し合って国力を削り、苦しむのは民のみぞ。たとえ勝てても失う命は必ずあるのだ」

　女王は燭台の灯火を見つめる。

「これは我が国だけの問題ではない。特にエルンスト諸国同盟の諸侯貴族たちに至っては、口先だけの議会を開くのみで、剣を持たされるのは善悪の区別もつかぬ子どもの奴隷兵士だ」

（……陛下の言う通りだ）

　ブラッドフォードは今朝の夢を思い出した。殺しても殺しても進むことしか許されなかった夢だ。

「ヴァルファーレン皇国は未だに三連国がひとつの国であったことにこだわっておる。

現皇帝は私腹を肥やすことしか頭にはない。自らに反対する者を弾圧し、民衆に意思も権利も持たせぬ恐怖政治で〝統治〟ではなく〝支配〟しておる」

女王はブラッドフォードの手から燭台を取った。

「……ようは国政とはなにか、外交とはどのようにするべきか、妾たち君主が膝をつきあわせて根底から話し合わねばならぬのだ」

「それをご内密にすすめていらっしゃったのですか？」

「この五年、手紙を送り続けた甲斐があった。ようやく向こうが折れた」

（五年……）

先ほどは貯蔵庫のことで彼女の考えを理解したつもりだったが、その程度のものではなかった。彼女は自国のことだけではなく、他国の未来まで見据えている。

燭台の炎が勇ましさを表すかのように女王の横顔を照らした。

「だが会談の場に各々が君主の証を持たなければ話し合いにもなるまい」

ブラッドフォードは眉間にしわを寄せて、死んでいる男の胸に手をやった。

「ヴァルファーレン皇国の仕業であればすぐにでもこの男を磔にしましょう」

「怒るな。大きな戦にでもする気か？」

「ですが、エリザベスの鏡がなければ陛下は――」

「いま窮地に立たされているのは妾だけではない。その十二色の宝玉を失っているエルンスト諸侯同盟も同様だ。このままでは三連国停戦条約の締結どころか、会談の場が、開戦の場になってしまう」

扉に向かって歩き出す彼女を、ブラッドフォードは立ち上がって追いかけた。

「いまからそなたに書状を持たせる。十二色の宝玉とともに持ち、エルンスト諸侯同盟の盟主に渡せ」

「っ、……そのようなことをして、よいのですか？」

内鍵が外された。彼女は心なしか声を落とした。

「あの国は議会制だ。多数決で物事を決める。その欠点がそなたはわかるか？」

「いえ……恥ずかしながら」

「多数の意見が優先されるということは少数の意見は切り捨てられるということだ。十二色の宝玉が盟主の手許（てもと）に戻って安堵（あんど）こそすれ、逆上するのは少数であろう。万が一多数であっても、堅牢な我が国を攻めることを即決をするほど大胆不敵な国ではない。まぁおそらくは怒る阿呆（あほう）などの意見、過半数にも達さぬ」

すべてを見抜いている女王は、ゆっくりと扉を開けた。

シドは内庭で耳を立てていた。

ブラッドフォードが戻ってくる足音を聞いて振り返る。

「遅かったな相棒、なにがあった」

夜の闇は一層濃くなり、星の瞬きが強くなっていた。

シドは鼻をひくつかせた。女王の香水の匂いに混じる上質な羊皮紙の存在に勘づく。

「すぐに東端に出立だ」——腰の革袋にくくりつけられているのは釈明の書状。

十二色の宝玉は女王の寝室で絶命していたあの男の上衣で包んだ。ブラッドフォードがそうしたいと申し出たのだ。オリヴィア王国に罪はないことを、この前脚を振り上げた獅子の刺繍が証明してくれる。エリザベス二世は抜かりなく書状にその旨を記しているだろうが、無実を証明する材料は多いに越したことはない。

「時間がない。道中で説明する」

「なるほど……密書か。東端とは、エルンスト諸侯同盟の盟主のところか？」

女王の番犬は並んで内庭を出た。

「いまのエルンスト諸侯同盟の盟主は北東のオズワン領主だぞ。北方国境にいる我が国の常駐警備のやつらを誤魔化すのも面倒だが、その先は東端の奴隷兵士の巣窟、リャナ谷を越えねばならない。目立つことはできないだろう？」

「あぁ、だから南下して東の関所を通っていく」

ブラッドフォードはまっすぐ城内から出ず、厩に寄った。馬たちは寝静まっている。掛け梯子をのぼって屋根裏に置いてある布袋を引っ張り、肩掛けの布袋の中にそっと十二色の宝玉を入れた。干し肉と火打ち石、わずかの硬貨が入っていることを確認したブラッドフォードは「行くぞ」と、シドに声をかけて走り出した。

「相棒ちょっと待て、東の関所を越えて行くのか。自由街ベイリー地区を通らなければならないぞ。あそこは荒くれ者に絡まれて厄介だ」――シドは加速しながら横の彼を見やった。

「なんとかなる」

「なにか考えがあるのか」

「いや、特に考えてない」

「はぁまったく……出たとこ勝負か。乗れ、わたしが走る」

ブラッドフォードはシドの背に飛び乗った。

「つかまれ」

シドの首に腕をまわし、ブラッドフォードは向かい風に耐える。

白狼の足は人間よりもずっと速い。どんなに鍛え抜かれた馬であっても、白狼の最高速にはかなわない。風を肌に感じながらブラッドフォードはシドの耳元に口を寄せて事情を伝えた。知能の高い白狼はすぐに状況を理解した。

シドはテンプル城の城壁を高々と飛び越え、相棒を乗せて暗い城下町を走った。

エナ川の中流の岩の間を駆け抜け、物々しい関所の高壁が見える頃には空が白み始めた。

シドは関所が干しイチジクひと粒ほどに見えたところでゆっくりと速度を落とした。

「わたしはベイリー地区には行けない。人間たちの狩りの的にされるのはご免だからな。そこで足を止めるのをわかっていたブラッドフォードは白狼の背からおりた。

「いや、その手前のフィールズ城で頼む。……落ち合うのは盟主のいるオズワン城だな？」

山のほうから抜けさせてもらうぞ。そこから足を貸してくれ」

「白狼を乗り物のように使うのはおまえだけだよ」

やれやれとシドはため息をついた。

「急を要す用件だ、一刻も惜しい」

「聞いたさ。停戦の会談だろう。人間たちが戦をするのは勝手だが、陛下がそれを望んでおられないのならばわたしの意見もおなじだ」

「陛下のご意思が俺たちのすべてだ」

「あぁそうだとも」

「シド、死ぬなよ」

「誰に言っている。それはこちらの台詞だぞ」

双方は北と南に別れた。

関所前には全身に甲冑を纏い、堂々と胸を張った槍兵が立つ。オリヴィア王国が誇るたたき上げの兵士たちだ。目利きも優れている。もしかしたらヴァイス＝ライモンドを知る者もいるかもしれない。

ブラッドフォードは左目の傷を隠すようにフードを深く被った。

物々しい関所を通ると、小高い山に挟まれるように灰色の街が広がっていた。

東端地方は、中央地方と違って寒さの厳しい山岳地帯だ。傾斜の激しい土地を切り開き、けれど多くの民衆は乾いて痩せた土を耕すこともできず、狡賢(ずるがしこ)く林業で成功を収めた一部の貴族だけが私腹を肥やしていた。

十二の諸侯貴族から成る代表議会によってエルンスト諸侯同盟は物事を決めている。だがその実態は如何にして民衆から税を搾り取るか、如何にして富を我が物にできるかという諸侯貴族同士の計略の監視であり、議会制民主主義を謳(うた)いながらそれは形骸化していた。

「……相変わらずだな、この国は……」

山々は無計画で乱雑な伐採が繰り返され、そのせいで発生した土砂崩れの跡が目立つ。すこし視線を上げると土砂に飲み込まれて崩壊した家屋の残骸が見える。この国に彼らの家を建て直す慈悲はない。瓦礫(がれき)の上でうつろな目をした老人が座り込んでいた。

いつまた埋まるかわからない不安の土地に、レンガを積み上げただけの粗末な家々が建ち並ぶ。〝自由街〟とは名ばかりの捨てられた街。ベイリー地区の実情だ。

山から砂埃（すなぼこり）交じりの風が吹き、路上でうなだれる老若男女に降りかかる。

痩せ細った身体の母親の乳をまさぐり、骨と皮だけの幼い子どもが吸い付いている。

（ひどいもんだ……）

以前来たときよりも一層貧困と飢餓に苦しむ者が増えていた。

外套の端を鼻と口に当てて飛んでくる砂利を遮りながら、ブラッドフォードは眉間に深いしわを寄せた。

（……ん？）

不意に、ぐい――と腰の革袋を引かれる。

「なんだ」

フードを持ち上げて振り返る。

「あ……っ」

頬のこけたみすぼらしい服装の子どもがぎくりと顔をこわばらせた。

傷のあるぎらついた眼で見下ろされて子どもは怯（ひる）んだ。おずおずと手を引っ込める。

「あぅ、あ、あ」

子どもはか細い声を発しながら後退してバランスを崩し、尻餅をついた。途端に大きな腹の虫が鳴く。幼い顔がくしゃりと歪んだ。乾いた嗚咽が漏れるも、子どもには涙を流すだけの感情は残っていなかった。

「……食え」

ブラッドフォードは干し肉をひとかけ差し出した。

子どもは目の色を変えた。奪うように干し肉を取り、口に押し込んだ。たちまちばたばたと路地に向かって走り出す。瞬く間に方々から吠えるような声が飛び出し、子どもの口から貴重な食べ物を強奪しようと追いかけた。そのうちのひとりの目がぎょろりと鋭くブラッドフォードに向いたものの、すぐに腰に下げられた剣を注視し、怖じ気づいて去って行った。

(あいつらは俺だ)

ブラッドフォードは雑念を振り払うように外套の裾を翻した。

坂をのぼり始めると、やがてその先の小高い丘の上にフィールズ城が見えた。先ほどまでの緊張の街道が嘘のように辺りは騒がしくなった。ベイリー街唯一にして、危険極まりない酒場があるのだ。早朝だというのに景気のいい笑い声がする。煙突からは白い煙が立ちのぼっていた。肉を煮込んだ料理の香りが漂い、ブラッドフォードは腹をさすった。

酒場の外には見るからに気性の荒い馬が二頭つながれている。

木戸を開けると、筋骨隆々とした大男がずいと立ち塞がった。

「見ない顔だな兄ちゃん」

眼前に手を突き出されたので、ブラッドフォードはその手に小銭を握らせた。

「へへ、わかってんじゃねぇか」

大男は小さなそれを見定めた。

「うん……？　古い硬貨だな」

「五年前のものだ。価値は変わってないだろ」

「ふぅん……」

じろじろと顔をのぞき込まれた。ブラッドフォードはフードの端を引っ張る。

「随分きれいな顔だが、なんだ傷物か。どこの流れ者だい？」

「詮索（せんさく）するな」

「まぁいいさ、通りな」

酒場は満席だった。丸テーブルを囲む男たちはすっかり出来上がっている。

「どうだったよ昨日の女は」「悪かぁなかったが――」「よくもねぇってか！」

林業を生業（なりわい）とする下働きの者たちだった。エルンスト諸侯同盟の貴族たちに雇われて、命じられるままに木々を伐採し、諸外国へと木材を輸送することが彼らの仕事である。体力のある者だけが生き残り、非力な老人や女子どもは人として扱われていなかった。

そうして彼らが得た金は酒と女になる。仕事を終えれば浴びるように酒を飲み、金にものを言わせて女を買う。どれだけ多く酒が飲めるか、今日は女を何人侍らせられるかと競い合う。彼らの一日は、一時の欲望のために消費されていくだけだ。

「おまえさんは今年で何人の父親になったよ」

「さぁて数えてねぇな。ざっと二桁は超えてるだろうさ」

「ふははは、最低だなこのクソ野郎！」

下品な言葉が飛び交う席の間をすり抜け、ブラッドフォードは鍋をかき回している髭面の店主のもとへと向かった。カウンターテーブルに手をついて小銭を二枚滑らせる。

仏頂面の店主は下顎だけを動かした。目は鍋に向いたままである。

「そのエリザベス硬貨は久しぶりに見たな」

ブラッドフォードが椅子に腰掛けると、オリヴィア王国から来た者だと悟った左右の男たちは酒の木筒をテーブルに置いて黙った。

店主は器にシチューを注いだ。薄く切ったパンを浸してスプーンを挿す。彼は無言のままブラッドフォードの目の前に湯気のたつ食事を出した。

　ブラッドフォードは左右から刺される鋭い視線には気づかないふりをし、肉のすくないシチューをもそもそとたいらげる。最後に残したパンの切れ端で器をきれいに撫で、口に含むと咀嚼した。ただ塩味がきついだけのシチューは懐かしい味だった。

「……盟主に会いたい。フィールズ領主に顔が利くやつはいるか」

「フィールズ城の脇を通りたいのか。不法侵入を選択しないのは正しいがな……うちの領主ごときじゃあ盟主に口利きは難しいぞ。エルンスト諸侯同盟では金がすべてだ」

「十二の諸侯貴族たちにも力関係はあるのか」

「あるとも。水だ。ズワナ大河を領地に持ってるオズワン領主は発言力がある」

　北のズワナ大河を領地に持つオズワン領主のほうが豊富な資源を所有している。すっかり山肌を剝き出しにしてしまった、この辺りをおさめるフィールズ領主の権力は弱まりつつあるのだろう。

「まぁフィールズ領主なんて、いまやいないようなもんだがな」

「どういう意味だ？」

「あそこの城には跡継ぎが何人かいたんだがな、戦争にかり出されて次々と死んだ。すっかり年老いた領主も床に臥した。威勢のいい末の息子がひとり残ってるようだが、ありゃあだめだ。頭が軽い上に若すぎる。議会の席にも座らせてもらえんかもな」

(若い次期領主か……)

ブラッドフォードはそこにひとつの可能性を閃く。

「そいつに顔が利くやつはいるか。おまえたちにとっても悪い話じゃない」

小銭をもう二枚指で弾くと、店主は四枚を重ね、まとめて握った。

「よもや盟主交代の機会でもお与えになるのか、エリザベス二世とやらは」

「場合によってはそうかもな」

「なるほど……。——……おいてめぇら、こいつの身ぐるみぜんぶ引っぺがせ！　金になるものはぜんぶだ！　オリヴィア王国のお客さんには裸でお帰り願おうか！」

左右の男が同時に立ち上がって、ブラッドフォードの腕と胸ぐらを掴んだ。

指の関節を鳴らしながら席を立つ者、舌なめずりして自分の武具を掴む者。いくつもの物騒な眼が一斉にブラッドフォードを睨んだ。

(手荒なまねはしたくなかったが……)

剣の柄に手を掛けようとしたところで、「まぁ待ちなよ」——と。柔和だがはっきりとした制止の声が響いた。一触即発状態であった一同はぴたりと動きを止めた。

「おまえさんたち、ここは酒を飲む場だぜ」

男は口笛を吹いた。ブラッドフォードは肩越しに振り返る。丸テーブルの上には、酒場の入り口でブラッドフォードが渡した古い硬貨が置かれていた。それを爪先で弄りながら男は灰褐色のウェーブのかかった横髪を耳に掛けた。

「そいつはオリヴィア王国のヤツじゃねぇよ。こりゃあ五年前に廃止になった硬貨だ。こいつを持ってるってこたァお客さんじゃねぇさ」

己を摑む力がふと緩んだ隙に、ブラッドフォードは「離せ」と短く言って両脇の男たちの手を払った。

「事情くらいは聞いてやろうぜ――ちょっと待ってな」

男はシチューをかっこみ、唇をぺろりと舐めた。

「こっちに来いよ、オレと一杯やろうぜ」

ブラッドフォードはわずかに目を見開いた。

「おまえは、……イーサン、じゃないか……」

思いがけず名を呼ばれた男は驚いて瞬きを繰り返す。

「へぇ、オレを知ってるのか。どうやら〝同胞〟らしいな」

イーサンは頬杖をついてにやりと笑った。

空けられた丸テーブルの硬い椅子に、ふたりは向かい合って腰掛けた。

褐色の肌に、垂れ目がちな金の瞳。男の長い灰褐色の髪は不規則に波を打っている。

「オレを知ってるってことは、おまえさん、この国の元奴隷兵士か？」

「あぁ……」

「五年前っつーことはオレらと死線をともにした仲か」

「あぁ……そうだ」

記憶の中で幼かった〝彼〟が成長して、徐々に輪郭を持っていくようだった。

「そんな熱烈な視線は野郎に送るもんじゃねぇよ。そろそろフードを取って顔を見せな。ここら一帯でこのオレに手を出してくる連中はいねぇ……っと、お待ちかねの一杯だ」

髭面の店主がむっつりと酒を運んできた。ごつん、と置かれたふたつの杯から葡萄酒が跳ねた。乾杯をする必要もなく互いの葡萄酒は混ざり合った。「激しいね」と店主に口笛を吹き、彼はすぐに口をつけた。

「飲まないのか？」——一気に杯の半分が減った。

　ブラッドフォードは周囲に目を配りながらそっとフードを脱ぎ、赤黒い水面を見下ろした。木くずの浮いた質の悪い葡萄酒だ。頭の隅に、懐かしいという感情が湧く。

「っ……、おまえ――」

　イーサンはぎょっとして杯を置いた。

「ヴァイスじゃねぇか」

「あぁ……久しぶりだな、イーサン」

「本当におまえなのか」

　前髪を掻き上げて激しく狼狽するイーサン。いやでも、と目が泳いでいた。

「ヴァイス＝ライモンドは五年前にエリザベス一世および王家暗殺の罪で処刑された」

「そうとも、オレは確かにそう聞いた。まさか名目上そうなっていただけか？　けれどおまえはさっきエリザベスの硬貨を持っていた……ってことは、もしや――」

　ころころと表情を変えた後に、彼はひとつの疑いを持ったのか訝しげな目つきを見せた。

「暗殺に出向いた先で女傑（エリザベス）に惚（ほ）れたか？」

「いや……そんなんじゃない」――ブラッドフォードは言葉を濁した。

「頭が混乱してやがる……まずは同胞がこうして生きていることを喜ぶとして、だ」

イーサンは「五年前――」と切り出し、頬杖をついて微笑を浮かべた。

「奴隷兵士の懲罰が昼夜問わず繰り返される中、おまえの口から出たのは『王家全員を暗殺する代わりに奴隷を解放しろ』っていう無茶な取引だった。そしてオレらはおまえを残して解放された。その後、エリザベス一世と第一王女のアイラが、ヴァイス＝ライモンドという男に暗殺されたことを耳にしたさ。だが第二王女のシャルロットは殺し損ねた。彼女の即位と同時に、おまえが処刑されたことも知った。――で、……どういう経緯があっておまえはこうして生きているんだ？」

ブラッドフォードも一口だけ飲んだ。空腹な上に久しぶりに口にする酒はかぁっと腹を熱くさせた。

「俺は確かに第二王女シャルロットの暗殺に失敗して捕まり、処刑された。いまはブラッドフォードという名で生かされている」

「ふぅん、……なるほど……？」

イーサンは髪を掻き撫でながら足を組んだ。

「つまり建前上は処刑されたことになっていると。その左目の傷が暗殺失敗の証といったところかね。恩赦を受けて、いまやすっかり女王の犬に成り下がっているわけか？」

「概ね間違ってはいない」

「あんな偉そうに啖呵を切っておきながらおまえは暗殺に失敗したんだな」

「……だが後悔はない。現に俺たちは奴隷兵士から解放された」

「まぁそうだ。けどエルンスト諸侯同盟の連中は、あれを〝解放〟とは思っていない。オレらは〝見逃してもらって〟脱走した奴隷兵士たちだと思ってくれているらしいぜ。この国は懲りずにまた金のない女どもが産んだガキを集めて、奴隷兵士として前線に送り込んでいるさ。結局なにも変わってねぇんだよ」

造りの粗い葡萄酒は甘くない。酸っぱいだけの味のあとに、いやな苦みが残る。

「議会で反対する貴族はいないのか」

「賛成多数だから変わってねぇんだろうよ」

「なぜだ」

「簡単さ、この国の男は妻子を養う気はない。女はこんな国じゃあひとりでは子を育てられない。諸侯貴族たちはそうして余った子どもたちをどうすることもできないのさ」

「しない、の間違いじゃないのか」

「どちらにせよおなじだぜ。オレたちは身をもって知っているだろう？」

ブラッドフォードもイーサンも、親の顔を覚えていない。物心つく前には親に売られたらしい。わけもわからないまま重い武器を持たされ、まともな食事も与えられず、恐ろしい形相の大人たちから〝しつけ〟と称した暴力を振るわれた。

そして殺す技術だけを覚えさせられた。

目の前の敵を殺すか、背後の大人たちに虐げられるか――。

「オレたちは兵士として使われただけマシだろうよ」

「……あぁ」

ブラッドフォードは昔話を聞きながら再び葡萄酒を一口、飲み下す。

血と、汗と、泥の臭いにまみれ、数え切れない同胞の死を目にしながら二十歳になったヴァイス＝ライモンドは、この苦しみから逃れる方法を捻り出した。


「俺がオリヴィア王家全員を暗殺する代わりに奴隷を解放しろ」――と。


イーサンは笑いながら両手を広げて見せた。

「オレは自分の年齢もわからないし、家柄の名も思い出せない。ヴァイス……、いや、いまはブラッドフォードか。おまえはオレたちよりずっと頭がよかったからな。オリヴィア王国でどんな待遇を受けているのかは知らないが、さすがだぜ。……納得した」

「納得……？　なにを――」

「いやァ別に。それにしても垢抜けたな。身なりがきれいだ。あの頃は泥と煤まみれの汚ぇ面ばっかり見ていたが、存外に男前だったらしいな」

「それは……おまえもだろ、イーサン。いまは誰かに仕えているのか？」

「あぁフィールズ領主にね」

（フィールズ領主……）

ブラッドフォードは、はたと思う。

話は聞こえたよ、と言ってイーサンは残りの葡萄酒をあおった。

「そんで女王サマの犬っころがフィールズ領主になんの用だ？　同胞の頼みとあらば連れていけなくもないさ」

「そうか、助かる」

「ただし一応、いまは敵国同士だ。まずは事情を聞くけどな？」

ブラッドフォードは椅子を前に出して声を潜める。

「フィールズ領主はエルンスト諸侯同盟内ではどういう立ち位置なんだ」

「末席だよ。議会での発言権すらないに等しい」

「盟主は議会の多数決で決まるそうだが……」

「いやぁ我が主、フィールズ領主が盟主になることはないね」

イーサンはかぶりを振った。

「やっぱり土地に資源がないのは致命的さ。現盟主のオズワン領主は領土にズワナ大河をお持ちさ。うちはその水を多額の金で買わされているひもじい立場さ。その金額も言われるまま日増しにじわじわと上げられているよ」

「ちなみに、どんな領主だ」

「年老いた現領主のことか？」

「彼も含めて、若い末の息子もだ」

「親子共々かわいそうなほどどいいやつさ」

「彼らは長く続いている戦争に対してはどういう考えだ」

「否定的だね。戦は失うばかりだからな。……もうひとつ理由がある」

イーサンはテーブルの上に地図を描くように指を滑らせた。

「知ってると思うが、エルンスト諸侯同盟は北方でしか交戦はねぇんだ」

指先はひゅっと横に引かれる。

「ヴァルファーレン皇国と、オリヴィア王国、そしてエルンスト諸侯同盟の戦争は常に北方に集中している。オレらが戦っていたのもリャナ谷からオルデナ山林にかけてだったよな。ズワナ大河から南方はお察しのとおりさ。ならず者はいても兵士はいない」

ブラッドフォードは肘をついて顎に手を当て、イーサンの指が地図を描いてするする動くのを見つめていた。

彼の言うとおり、オリヴィア王国とエルンスト諸侯同盟の南方に関所はあるものの、その警備は緩い。実はこの豊穣の三連国の歴史の中で、オリヴィア王国とエルンスト諸侯同盟が激突したことがあるのはオズワン領に面している北方だけなのだ。

「フィールズ領主が戦争に反対なのは、現時点で交戦の理由がないからだよ。なんなら領内への奴隷商人の出入りも禁止したいと苛ついているくらいだ。子どもが育たないってことはそれだけ労働力も育たないってことだからな」

「なぜ議会でそれを止めない」

「多数の票がオズワン盟主サマに入るからだろうよ。諸侯貴族サマの間では反対多数にならないよう、オレらが想像もつかないような汚ぇ取引が成立してるんだろうな」

（……陛下は頭のよい御方だ）

エリザベス二世は君主として堂々と身の潔白を証明することよりも、極秘裏かつ迅速に対応することを選んだ。そして彼女は女王の番犬にこう言った。

（オズワン盟主ではなく〝エルンスト諸侯同盟の盟主に渡せ〟と仰った）

「ってなわけで、現盟主のオズワン領主に会いたければ、フィールズ城を素通りしてもなにも問題ないさ。政への発言権はおろか、おまえを止める兵力すら持ってねぇしな」

「オズワン盟主は話の通じるヤツか？」

「まともな人間は子どもの奴隷を兵力になんかしないね」

「ということは俺がオズワン城に行けても生きて帰れる保証はないな」

「わかってるじゃないか」

幼い頃を共にしたふたりは、その身に染み込んだ血泥の記憶を擂り合わせるように、しばしの沈黙を過ごした。

「なにか考えてるな、……同胞？」

「俺はフィールズ領主がオズワン盟主と対等に話し合えるものを持っている」

ブラッドフォードは外套で周りの目から隠しながら、羊皮紙の封筒を見せた。

深紅の封蠟。その紋章は女王エリザベス二世の生き様を象徴するかのような茨の鳥籠に包まれた薔薇だ。ブラッドフォードは中になにが書いてあるのかは知らない。釈明の書状としか聞いていなかった。

（十二色の宝玉と、この書状……）

開けられるのはエルンスト諸侯同盟の〝盟主〟ただその人だけであり、開ける意味を為すのもそれに相応しい人物だけだ。

「これを対価に俺をフィールズ領主に会わせてほしい」

「ふぅん……？」

イーサンは前のめりになった。訝しげに藍色の瞳をのぞき込む。

「女王サマからのお手紙か」

「これだけじゃない。俺は〝エルンスト諸侯同盟の盟主〟が持つに相応しいものを渡さなければならない」

「……なるほどね……盟主……」

ブラッドフォードの思惑を察したらしいイーサンは、にやりと笑みを深めた。

「そりゃあ確かに、悪い話じゃないな」

イーサンは解きっぱなしだった革ベストの前紐を留める。マントを結びなおし、立て掛けてあった剣を取って立ち上がった。

「けれど、どっかの誰かさんにとっては悪い話だったらしいぜ」

ブラッドフォードが腰に下げる両手剣よりも、やや細身の片手剣だ。マントの陰に隠れているが背にはクロスボウを背負っている。イーサンは左手でわざとらしく腰に触れ、矢の本数を確認する。藍色の目と金色の目がぴたりと合った。

「オレは正面からやり合うのは好きじゃなくってね」

さっきからずっと複数人の視線が刺さっていた。

「元奴隷兵士さん、まさか腕はなまってないよな」

「あぁ」

「オレは正攻法が得意じゃねぇのは知ってんだろ？」

「知っている。……俺がやる」

ブラッドフォードは残りの葡萄酒をぐいと飲み干し、立ち上がった。口内に残った木くずを親指の腹に出してテーブルになすりつけた。横一線に赤黒い線が残された。

「ごちそうさん。あとは外でやるよ」

手を振るイーサンに店主は忌々（いまいま）しい舌打ちを投げた。

するとふたりを値踏みするように見ていた男が五人、椅子を蹴るように立ち上がった。

外に出たふたりは木の扉が閉まるとすぐに動いた。

ブラッドフォードは脇の壁に背をつける。突如、中から荒々しい足音が近づいてくる気配がした。鋼の擦れる音に——抜いたな——と確信を持って鞘を握る。

扉がぶち抜かれた。剣を構えた男がひとり顔を出す。

「ぐっ、が……！」——どすりと、ひと突き。

鞘の先端で喉を突かれた先行の男は、つばを吐き散らして仰け反った。その体軀（たいく）を受け止められなかった後続の男ともつれて酒場の中に倒れ込む。

だがその後に続いたみっつの影は怯むことなく、気絶した味方を飛び越えてきた。

ブラッドフォードは投げ出された男の剣を蹴り上げて柄を取り、己の武器とした。

(陛下から託された俺の剣は、陛下を守る以外に抜く気はない)

ブラッドフォードの行く手を阻むように、既にひとりが回り込んでいた。三方向から退路を断って、男たちは落ち着いて剣を握り直した。

追い剝（は）ぎ目的の荒くれ者らしくない、統率のとれた動きだった。

「……ここら一帯で手を出してくる連中はいないんじゃなかったのか……」

あいつの二枚舌は昔と変わらずか、とブラッドフォードは思う。

その間にイーサンは酒場の裏手にまわって梯子を駆けのぼっていた。

男たちの殺気だった切っ先はブラッドフォードにだけ向いている。だが脅しをかけてこないということは、なにかを奪うつもりでもなく、捕らえるつもりでもないらしい。

(狙いは俺か)

迷いのない凶刃がじりじりと距離を詰めてくる。

「なんのつもりだ」

男たちは応えない。

ブラッドフォードは長いため息をつく。

「オリヴィア王国の者だと知ってか？」

「……」「……」「……」――長い沈黙が返ってきた。

さりげなく右腰に手を掛けたことを男たちは悟っていない。

「俺は賞金首にでもなっているのか」

「そんなところだよ」

ようやくひとりが唸るように言った。

「死にたくなければやめておけ。木を切ったほうがよほど効率的に稼げる」

しかし警告は無視された。

咆吼（ほうこう）とともに前方から鋼の曲線が描かれる。

鳩尾（みぞおち）を裂かんとした一閃は、ブラッドフォードの目には躊躇（ためら）いのない剣戟（けんげき）に見えた。

脇からは、おそらくそれを避けた上体の胸を狙う突きが迫ってくる。背後からは一歩遅れた殺意が襲ってくるのを感じた。本気で獲（と）りにくるのは背後の一撃だ。

（戦い慣れている）

ブラッドフォードはダンッ、と酒場の壁に手をついて全体重をかけた。

そして瞬時に屈んだ。

彼の残像を斬って突いた二本の剣先が、宙でガキンと交差した。

「あっ――」

男たちは驚いてつんのめった。「ギャアッ」と、頭上で鈍い音が響く。

外套を翻すように身をぐるりと捻ったブラッドフォードから投げナイフが放たれる。

振り抜いた手から放たれたそれは、後方の男の利き手を封じた。

「貴様ッ」

血が噴き出した手の甲を必死に押さえながら、男は取り落としそうになる剣を握り直した。その僅かな隙に、男はブラッドフォードに顎を蹴り上げられ、白目を剝いて倒れ伏す。

「おのれ……、っ——ヒ……ッ」

体勢を整え直した男は〝ふたり〟ではなかった。

喉元には血の滴る刃。藍色の瞳は残るひとりを捉えている。

男の痩せこけた頰に汗がつぅと垂れた。

「死んだかもな」

地面で身をよじる男の口から泡が吹いていた。

「俺の首に賞金をかけたやつは誰だ？」

剣の切っ先を返したブラッドフォードはゆっくりと男の首に赤を引いた。

男の窪んだ目には恐怖と葛藤(かっとう)が浮かんだ。よくよく見れば男の顔には艶がない。身なりは悪くないのに、痩せこけて、食うに困った屍(しかばね)寸前の人間にすら見える。

彼の乾いた唇が震え、やがてなにかを呟いた。……なんだ……、と耳を傾けた矢先、男は言葉にならない叫びとともに己の首にかかる鋼を握ってきた。

「チッ……！」

このまま片手の指がちぎれてもなお、という脅しか。

男は転がっている同胞の剣にもう片方の手を伸ばした。——が。

ブラッドフォードはそれよりも早く、男の鳩尾に肘を入れていた。

男はぐるんと目を回して前に倒れ込んだ。

「ちょっとなまったろ？」

頭上からピュウっと口笛が聞こえた。高みの見物をしていたイーサンだった。

「昔のおまえならもっと早く全員殺してたのにな」

「殺してはいない……気絶させただけだ」

失神している男たちに視線を落とす。

「おいなんだよ、剣も抜いてないのかよ」

「あぁ、俺を襲った目的を聞、……きゅ……」

「口を割らせんのか？　やれやれ、いっそ殺してやったほうが慈悲深いよ」

イーサンの口調はどこかブラッドフォードを軽んじていた。

「……うるひゃぃ」

「ん……？　いま、なんて言った？」

急に銀糸の交じった黒髪がぐらぐらと揺れ始めた。

「あん？」——その様子をイーサンは不思議に思った。

突如ブラッドフォードは壁に額をこすりつけてくずおれる。全身の力が抜けたかのように、急に背中を丸めた彼の手からはころりと剣が落ちた。

「おいおいっ、どうした！」

「……いーひゃん……うるひゃぃ……」

「えっ、なんつった？　声が小さくて聞こえねぇよ！」

戦闘中にどこか怪我でもしたのか。屋根の上からはすべての攻撃をかわしていたように見えたがもしや気のせいだったたか。

「なにしてんだ、起きろ」

イーサンはすぐさま屋根を覆う唐草を剝ぎ取ってばさばさ投げ落としたが、それらが頭や肩に接触してもブラッドフォードは我に返ることなく蹲ったままだった。

「げっ」――イーサンはぎょっと身を乗り出す。

ブラッドフォードの一撃を食らって気絶していた男ふたりが、酒場からふらふらと出てきたのだ。

「いったいなんだっつーんだよ！」

イーサンは素早く二本の矢を抜いた。クロスボウに矢をつがえる。

男たちの大きく振りかぶった二本の刃が、無防備なブラッドフォードを襲う。

「ぐぇっ」「がっ」

トッ、トッ、と……正確に、――男たちの脳天に矢が吸い込まれた。

彼らの切っ先はあらぬものを二度、三度と斬った。やがて行き場を失った剣は土の地面に突き刺さった。ものを言わなくなった骸（むくろ）は自分たちの身になにが起こったのかも理解していなかった。

ほぼ同時にふたりぶんの土煙が立った。片やうつ伏せに、片や仰向けに倒れ伏す。

ほっと胸を撫で下ろしたイーサンは「驚かせんなよ」と悪態をついて屋根から飛び降りた。その着地音が傍で響いてもやはりブラッドフォードは無反応だった。黒い塊はなぜか膝を抱えて丸まっている。うつむいた顔を両膝頭にこすりつけていた。

「ったく、どうしたってんだよ、ヴァイ――」

イーサンは彼の肩を摑んで揺すろうとして、あることに気づいた。まさか……と瞬く。

「……オレとしたことがすっかり忘れてたわ……」

ブラッドフォードのうなじから耳、露出している肌はすべて血色がよすぎるほどに赤く火照っていた。イーサンは思い出した。そして、あぁ……と呆（あき）れて手の平で顔を覆い、天を仰いだ。当時・元奴隷兵士の中でも抜きん出て腕のよかった彼には、とてもじゃないが他人には明かせない、致命的な弱点があったことを完全に忘れていたのである。

……酒だ。動き回ったせいで余計に葡萄酒が回ったのだろう。

「うぅっ……」

ブラッドフォードが倒した男たちから荒い呼吸音と呻き声が漏れる。

「おっといけねぇ」

イーサンは乱戦の果てに転がった男たちの剣を一本だけを拾い上げた。それから無言のまま彼らの胸や背を突き、トドメを刺していった。すると酒場の半開きの扉は恐れをなしたように勢いよく閉まった。野次馬がいたようだ。

「オレはこの酔っ払いと違って慈悲深いんでね」

これで亡骸は五体になった。冬の訪れを告げる冷ややかな土風には赤錆の臭いが混じる。生きる苦しみから解放された彼らに対し、イーサンは左胸に拳を当てて、ささやかな祈りを捧げた。「……同胞たちに安らぎを」と呟いて。

「おいヴァイス、大丈夫かよ」

蹲ったままのブラッドフォードを揺すると、ようやくその肩がひくっと跳ねた。

「うるへぇんだよ……」

彼の反応にはしゃっくりが混じっていた。

「ヴァイスじゃ、……なひ、俺ぁ……ブラッド、フォード……でぁ……」

「でぁ、って、笑わせんな！」

ろれつの回っていない口調にイーサンは思わず噴き出す。

「わら、う……な」

のろりと顔を上げたかと思えば、彼はそのままふーっと仰け反って、横倒しに寝っ転がってしまった。そしてイーサンの革靴をたぐり寄せるように引っ張った。革のざらついた冷たさが心地好いのか、うーんと呻いて赤い頬を擦り付けている。

「久しぶりに見たな、おまえのその醜態」

「……うるへぇ……」

ブラッドフォードはしばらくむにゃむにゃ言っていたが、やがて穏やかな寝息を立て始めた。しっかりとイーサンの片足を抱きしめながら。

「くく、すっかり赤ん坊じゃねーの」

イーサンは小刻みに震えながら笑って髪を掻き上げる。

かつてエルンスト諸侯同盟のオルデナ山林で恐れられた奴隷兵士は、酒にだけはからきし弱かった。敵将の敗走の褒美に質の悪い葡萄酒を与えられたとき、皆、奪いあうように飲んでいた。そうしたときの彼は、およそ酔っ払いが〝そうなる〟であろう醜態を晒(さら)し、最後にはころりと寝落ちてしまうのだった。翌朝には本人はまるで覚えていないのだから余計にたちが悪かった。

「忘れてたんだ。飲ませて悪かったよ、同胞」

イーサンはしゃがみ込み、親指をしゃぶる彼の頭をくしゃくしゃと撫でた。

フィールズ城は〝城〟と名をつけるのも憚(はばか)られるほど手狭だった。不揃いな石が積まれた城壁。その隙間を埋める粗末な粘土はところどころが欠けて剝がれ落ちていた。

それでも早馬を三頭、備蓄の納屋、北と南に監視塔を備え、大小の屋敷がひとつずつという必要最低限の領主としての誇りを保てるだけのしつらえはあった。

「――なるほど、彼が噂の〝女王の番犬〟というわけか」

ブラッドフォードの意識は曖昧だ。頭上から若く精悍(せいかん)な男の声がする。

「そりゃあなんですか」――質問を投げかけたのはイーサンだった。

「密偵に近いかもね。エリザベス二世は幼い少女ながら切れ者だと聞く。だからこそ信用に足る者を厳選して、相互依存関係で主従の絆(きずな)を堅牢にしているのかもしれない」

「そんな仰々しい名前をつけて呼ばなくても、密偵ぐらいうちもいますでしょ」

「女王の番犬はただの密偵じゃないのさ。イーサン、オリヴィア王国現女王のエリザベス二世はオリヴィア王国の国民に歓迎されて即位したと思うかい？」

「はぁ、まぁ……母王と姉王女が暗殺されて即位したわけですから、歓迎はされなくても期待はされたんじゃないですか？」

「そうでもないのさ」

「第二王女とはいえ正統な血筋の王家ですよね？」

「第一王女は国民に愛されていた。けれど第二王女は滅多なことでは人に会わないほど内気だったそうだ。エリザベス二世は即位のときに初めて国民の前に姿を見せたんだ。しかも十歳の子どもさ。誰もが不安を口にした。ところが彼女の登場でざわつく国民は潮が引くように静まりかえった。人々は……彼女に畏敬を覚えた、と僕は伝え聞いたよ」

「畏敬……それで国民は納得したってわけですか」

「もちろんそうじゃない者もいただろう。だから彼女を暗殺しようとする者は内外問わず後を絶たなかった。けれど企てた者は皆、帰らぬ者となった。女王が飼っている白狼が食ったのか、それとも忠実な番犬がついているのか――〝女王の番犬〟がね」

「……う……」

ブラッドフォードはようやく重い瞼をこじ開けた。すこし前から自分がベッドらしきものに寝かされているのはわかっていたが、身体の至る所が思うように動かなかった。

「ここは……」

薄茶けた天井と、目を動かせばふたりの人物の影。焦点が合わずブラッドフォードには何重にもブレて見えた。

「水は飲めそうかい？」

起き上がろうとしたところ、爽やかな声に慌てて背を支えられた。

「すまない、名乗るのが遅れたね」

春の空のような青い目が柔和に細められる。短く切り揃えられた赤茶けた髪からは石けんの香りがした。お世辞にも上質とは言いがたい麻地の上着に、皮をなめして紐で組んだベストを着ていた。年の頃はおそらく二十手前の青年だ。

「僕はこのフィールズ領の城主・ダヤン＝フィールズの末子、アルフォンス＝フィールズだ。戦争で亡くなった兄たちに代わって、いまは僕がこの領内を取り仕切っている。頼りない領主代理だけれど、父はいま病床の身で寝込んでいて僕しか対応できない」

「……失礼、あなたが……？」

ブラッドフォードは訝しんだ。次期領主にしてはやけに親しげだった。

「諸侯貴族には見えないとよく言われるよ」

「俺はブラッドフォード……です。……あの、申し上げにくいのですが、距離がとても近いといいますか……」

先ほどから聞こえていた会話からして彼がイーサンの雇い主なのは理解していた。

しかしふらつくブラッドフォードに真っ先に手を差し伸べたのはイーサンではなく、アルフォンスだ。なんとも複雑な表情のイーサンが腕を組んで突っ立っている。

するとアルフォンスは己が領主代理らしからぬ行動をしたことにやっと気づいたらしく、頬を赤らめてブラッドフォードから離れた。

「ん……？　あぁっ、すまない！　そ、そうだね。そこも含めてよく言われるよ」

彼は恥ずかしそうに頬を掻いた。

「オレの主は根っからのお人好しなんだよ」

やれやれとイーサンは口角を下げる。彼はベッドサイドのテーブルに置かれた水差しを取り、杯いっぱいに水を注いだ。「ほら」「あぁ」と、ブラッドフォードは杯を受け取り一気に飲み干した。渇いた喉がごくんと鳴った。

「イーサン、僕をそんなに褒めないでくれよ」

「オレァぜんぜん褒めてませんよアルフォンス様、……こういう人だ、どう思うよ？」

ブラッドフォードは空になった杯をイーサンに渡した。

「……騙されやすそうだ」

「実際に騙されてるからオズワン領から金を絞り取られてんだよ」

（そういえば……）

水源を持たないフィールズ領にとって飲料水は貴重ではないのか。さも当たり前のようにロにしてしまったが、この一杯のためにどれだけの金をオズワン領から払わされているのだろう。

「すみません、貴重な一杯をいただいてしまいました」

会釈をして謝ると、アルフォンスは笑顔で首を横に振った。

「キミが謝ることではないよ。わざわざ我がエルンスト諸侯同盟の君主の証・十二色の宝玉を持って来てくれた使者に対して、もてなせるものが水だけで申し訳ない」

ブラッドフォードははっとして腰に手を当てた。革袋も剣も、きれいに外されてテーブルの上に並べられていた。そこには十二色の宝玉と、封蠟が剝がされた書状もあった。

「断りもなく開けてしまったことは謝るよ。しかしこの書状を父ではなく、僕が読んだことが幸いした。もし父が起きているときに応対していたらキミは生きて帰れなかったかもしれない」

アルフォンスはベッドのブラッドフォードの横によいしょと腰掛けた。やはりその距離は諸侯貴族と庶民の間柄とは思わせないほど近い。

「イーサン、それを」

「はい」

イーサンは一礼してテーブルの隅に置かれていたものを持ち上げた。

血に染まった外套と、赤黒いものがこびり付いた幅広な抜き身の剣だった。ブラッドフォードは数回瞬きをして、すっかり覚醒した。真新しい記憶に張り付いている品々だ。

「イーサン、殺したのか」

「おまえがへべれけになっちまったからだよ。仕方なかったんだ」

ブラッドフォードが責めるとイーサンからは苦笑いが返された。

「まぁ落ち着いて。キミは随分と厄介なやつらに命を狙われたんだ。これを見てくれるかい？」

アルフォンスは血塗(ちまみ)れの外套を取り、裏地に手を回すと、ある箇所を、枕元の蠟燭(ろうそく)の灯りで照らして見せてきた。――前脚を振り上げた獅子の刺繡だ。

剣身の鍔(つば)付近にも同様の彫り物が見えた。その辺で打たれた安物の鋼物ではない。

「これらはヴァルファーレン皇国に忠誠を誓った騎士の所持品だよ」

「えぇ……わかります」

ブラッドフォードは女王の寝室で事切れていた男を思い出した。

「ところがエリザベス二世殿の書状によると『十二色の宝玉が賊により持ち込まれし。此(こ)れを悟る者、我のほかにオリヴィアに在らず。賊は自害。理由如何にか判らず。速やかに盟主に返還されたし。事は広めるに在らず。よって停戦条約締結は変わらず……』

とある」

「……」──ブラッドフォードは妙だと思った。

エリザベスの鏡がなくなったことは言及されていない。

「キミは書状の内容は知らされていないのかい？」

「俺が託されたときには既に封蠟は押されていました」

蠟燭の炎の揺らめきとともにアルフォンスの瞳が陰った。

「この十二色の宝玉を持つ者が何者であるか、キミは知っているかい？」

ブラッドフォードは即答を躊躇った。アルフォンスは微笑を浮かべている。彼は尋問をしたいわけではなさそうだった。先程彼は『僕が読んだことが幸いした』と言った。下手に隠せば、彼は信用してくれないだろう。ブラッドフォードの思惑が外れて、本来の目的が達成できなくなる可能性が濃くなる。

「君主……この国では盟主の証です」

「それは知っているんだね」

「誰に見せることもせずここまで持ってきました」

「じゃあなぜ盟主のいるオズワン城に直接行かなかったんだい？」

イーサンは酒場での会話を主には話していないようだ。

「……」「……」

ブラッドフォードとイーサンはちらりと目を合わせる。

帳(とばり)のような沈黙が降りた。

(俺の口から言うしかなさそうだな)

やがてブラッドフォードは重い口を開く。

「オリヴィア王国の君主の証……エリザベスの鏡が紛失し、その十二色の宝玉が置かれていたのです。ですから陛下は書状とともに俺を東端へと向かわせました」

「エリザベスの鏡が、ない……？」

アルフォンスは狼狽(うろた)えなかった。意外にも聡いようだ。

「正確にはなくしたのではなく、おそらくは何者かに盗まれたかと」

ふたりはより顔を寄せて声を潜め合った。

「では書状にあった賊とは？」

「賊の衣服には獅子の刺繍がありました、と俺からはそれだけしか……」

「賊はヴァルファーレン皇国、オリヴィア王国に置かれた十二色の宝玉、盗まれたエリザベスの鏡……か」

なにかよからぬものを感じ取ったらしいアルフォンスは首をすくめた。

「……これは嫌な想像をしてしまうね」

三者は再び黙り込んでしまった。

蠟燭が溶けて受け皿に広がっている。その火の位置はいつの間にやら低くなり、灯りは弱まりつつあった。イーサンは室内の棚から新しい蠟燭を持って来た。彼が静かに火を移して燭台に差し込む一連の動作を、アルフォンスとブラッドフォードは無意味に眺めていた。

「ねぇブラッドフォード」

「はい」

「僕の……推測を言っても？」

顔色をうかがうような口調だった。

アルフォンスは苦虫をかみつぶしたかのような表情で顎に手を当てた。

「前提から話そう」

ふたりは視線を合わせた。小さな頷きが交わされる。

「エリザベス二世殿の書状にもあったとおり、三連国の戦争はようやく停戦条約締結に向けて進みつつあるんだ。この冬に三連国代表による締結会談が行われる。発端は無論エリザベス二世殿の即位と同時に、オリヴィア王国が守る戦いに転換したことだろうね。特に激戦地だった北方リャナではそれまで三国が乱戦状態だったのが、五年前、彼女の命令によってオリヴィア王国の兵士たちは退いていった。ヴァルファーレン皇国とエルンスト諸侯同盟の諸侯貴族たちは、オリヴィア王国の退却を嗤ったものさ」

「嗤ったのですか」

「勝負は逃げた者が負け、単純思考ならばそうじゃないのかな。だからヴァルファーレン皇国とエルンスト諸侯同盟は嬉々として前進し交戦を続けた。戦争は得られるものがあると思うからやるんだよ。失うものには目を背けているのにね」

ブラッドフォードは、自分がどの国の誰を殺して、誰と戦っていたのかわからなかった奴隷兵士だったときの光景を思い出した。あの頃はわけもわからずオリヴィア王国の兵士も殺していたことだろう――たとえば中にはリオの父親もいたかもしれない――殺さなければ己が殺されていたのだから仕方がなかった。

「そして五年がたち、失うものを失わなくなったオリヴィア王国は、着実に国力を増した。豊かになったんだ。けれど……うちのフィールルズ領を見たかい？　山は削られ、資材はすべて戦争に使われた。植林をしたくても苗も人材も足りないのさ」

「では国力の低下に気づかれてようやく盟主は停戦条約を結ぶ決意をされたと？」

　しかしアルフォンスは首を振って哀しそうに笑んだ。

「まさか。盟主はあのオズワン領の主だよ。ズワナ大河を持つ限り彼は国力の低下には気づかない。諸侯貴族たちからは水を対価に様々な富を得ているからね」

「ではなぜ？」

「議会だよ。エルンスト諸侯同盟は多数決制だ」

「停戦条約締結賛成が半数を超えたわけですか」

「みんな貧しくなったからね。けれど諸侯貴族たちはオズワン盟主をねじ伏せるだけの度胸はない。諍いを起こしたくないばかりに、隣人の顔色をうかがいながらぎりぎり半数を超える数になるよう……ようは口裏を合わせてやっとさ。もちろんオズワン盟主は不機嫌に渋々受け入れた――父からはそこまで聞いているんだけれど、つまり」

　アルフォンスは苦々しい口調で続ける。

「あくまでも僕の推測だけれどもね。オズワン城に、エリザベスの鏡がある可能性が高い。けれど盟主はエリザベス二世殿に返還はしないだろう」

「なんですって……？」

「言ったろう？　彼は停戦を〝多数決で渋々受け入れた〟が、本心では望んでいない。このまま十二色の宝玉を渡せば、キミは自国には帰されず、停戦会談に君主の証を持たないエリザベス二世殿は出席できず……破談になる、と」

若き領主代理はゆっくり立ち上がった。イーサンがすぐに手を差し出し、獅子の刺繍が施された外套と剣はテーブルの上に戻された。

「オズワン盟主だけの問題じゃなさそうだね。さらにその裏で動いているのはきっと、ヴァルファーレン皇国だ。――イーサン、剣を」

にわかに空気が張り詰める。アルフォンスは佩剣し、紅の外套を羽織った。

そして彼は爽やかに笑んでブラッドフォードに握手を求めた。

「僕はずっと疑問に思っていたんだ」

青い瞳は澄んだ色でまっすぐに見つめてくる。

「なぜ僕の国は議会を開かなければ意見が出せないのだろう。なぜ多数が決定事項になるのだろう。僕らはこうして一対一で話すことを忘れてしまったのだろうかってね」

話しているうちにすっかり酔いは覚めていた。

「さぁブラッドフォード、手を」

にこりと笑まれてブラッドフォードは毒気を抜かれる。思わずその手を取っていた。

支えられるようにして立ち上がる。並べば小柄な青年だった。はきはきと喋るものだから二十歳くらいかと感じていたが、実際にはもっと若いのかもしれない。

「僕はエリザベス二世殿と話してみたい」

「本気で言ってるんですか」――イーサンが口を挟んだ。

アルフォンスは彼に背を向けたままこくんと頷く。

「せめてお父上のご助言を聞いてからでも」

「父ならば恐れて書状を燃やし、十二色の宝玉とともに彼を賊として盟主に引き渡すことだろう。そうすることがこの国にとっては正しいと経験則でわかっているからだ」

言うだけ無駄だと思ったのか、イーサンはやれやれと首を傾けた。

「新しい未来は経験で語るものじゃないからね」

そのとき遠くで獣の遠吠えがした。

アルフォンスは耳に手を当ててふふっと笑う。

「……聞こえたかい？」

ブラッドフォードは装備を調えながら「はい」と答えた。

「キミを心配してずっと鳴いていたよ」

「なぜそれを……」

「あの白狼が狩られる危険を顧みずに鳴き続けるなんて、ほかに考えられなかったからね。さぁオズワン城に行こうか。イーサン、早馬を三頭用意してくれ」

「俺の足は必要ありません」

ブラッドフォードは馬を借りることを断る。

「仮に戦闘にでもなれば貴重な馬を一頭失うことになります。表におります白狼が俺の足になってくれますので」

「そうか……、その気持ち、ありがたく受け取るよ。ではイーサン、二頭頼む」

命じられてイーサンは部屋を出て行った。

「アルフォンス様……今更ですが、よろしいのですか」

ブラッドフォードは躊躇いながら尋ねた。

「謝罪も礼もいらないさ。むしろ〝そういうつもりで〟訪ねてきてくれたのならば感謝しているよ。頼ってくれてありがとう。僕はようやく領主らしく振る舞える機会を得たんだ。もちろん、代理としてではなくてね」

アルフォンスは、蠟燭の火を吊り下げの取っ手のついたカンテラに移して先立った。

「戦地に散った兄たちが僕の背中を押してくれている気がするんだよ」

三人は白狼と二頭の馬を駆り、薄い闇に向かって走った。

背後はまだ紫色で、バルエルゲ海と空に境界線はない。

徐々に近くなるオズワン城は難攻不落の要塞のようであった。途中、警備のためか、それとも追い剝ぎかはわからないが貧相な格好の者たちに襲われかけた。けれども走る足は止めず、イーサンの威嚇射撃と、それに怯まない者はシドが前脚で蹴散らした。

「すごいな白狼は！　噂に違わぬ迫力だよ！」

アルフォンスは前方を走るシドを絶賛した。その目は好奇に満ちている。

「……相棒……ありゃあなんだ？」

背に乗るブラッドフォードに、シドは不安げに声をかけた。

「お気楽な領主様だ」

「馬を持っているくらいだ、そんなのはわかってる」

「陛下のご意向に添うためには必要な存在なんだ」

「随分若いが大丈夫か？　わたしは心配して訊いているんだぞ」

僕はエリザベス二世殿と話してみたい。

新しい未来は経験で語るものじゃないからね。

(盟主になれるかもしれないと浮き足立たせて騙せる阿呆なら、現盟主と相打ちにでもさせてエルンスト諸侯同盟を停戦会談に出席できなくさせればいいと思ったが……)

後方で馬の手綱を摑むアルフォンスの年齢は今年で十八だそうだ。語る言葉には理想論が混じっていて、説得力には欠ける。考え方は戦場を知らない子どものものだ。

「そうであることが相応しいんだろうな」

「どういう意味だ?」

「俺たちは戦いすぎた。これからは傷ついても立ち上がる若さが必要なんだ」

「懐かしい土地で感傷に浸ってるのか? まったく……、速度を上げるぞ」

一気に傾斜がきつくなる。リャナ谷が西に見下ろせた。

ズワナ大河の恵みが周囲に深い森を形成し、自然が作り出した壁が外敵から身を守っていた。黒い大鳥がギャアギャアと飛び立っていく。まるで大勢の悲鳴のようだった。

この大きな河を超えた先では、いまも殺し合いが行われているのだ。

見るからに強硬なレンガで組まれたいかめしいオズワン城は、遥か見上げるほど高い。敷地もオリヴィア王国のテンプル城よりもずっと広かった。

ふとアルフォンスは「待って」と、ブラッドフォードたちを止めた。

彼は勇敢にも単身でゆるやかに馬を進め始めた。

シドはイーサンが乗ってきた馬とともに林の中に隠れ、ブラッドフォードとイーサンはいつでも動けるだけの距離をとりながら若い領主の行動を見守った。

正門の両側には太い松明が立てられ、夕闇を煌々(こうこう)と照らしていた。

やがて蹄(ひづめ)の音に気づいた者たちが、各々の炎を突き出す。

アルフォンスは彼らから剣を抜かれる前に馬から降りた。

「フィールズ領主の末子、アルフォンス＝フィールズです！　早急にお知らせしたいことがありましてオズワン領主・ゲオルグ殿にお目通り願いたく参りました！」

場がざわつくことはなかった。子どもは日が落ちる前に帰れ、と笑い出す者までいた。彼らにとってフィールズ領主の嫡子が直々(じきじき)に訪ねてきたことなどたいした事件ではないのだろう。いつも通りとでもいいたげに正門の扉がゆるゆると閉められ始めた。

「……まぁそうでしょうよ」

イーサンは腰からひゅっと矢を抜き、クロスボウにつがえた。狙うは彼らの腰の剣。

吊り下げる紐をぶち抜いて攪乱(かくらん)する気だった。

「ようは中に入れりゃあ……」「待て」――ブラッドフォードが止める。

アルフォンスは諦めていない。

「ゲオルグ＝オズワン殿ッ！」

その高々とした大声に驚き、正門前の皆はぎくりと手を止めた。

「我らエルンスト諸侯同盟は、十二の領地を互いに不可侵として、諸侯貴族および領主は各々城を構え、領から代表一名を選出し、十二代表揃いし議会において、平等なる多数決にて事柄を決めんと盟約した国であります！」

彼の演説にイーサンまでも呆然(ぼうぜん)とクロスボウを降ろして聞き入っていた。

「病床の父に代わってフィールズ領主をつとめる僕は、あなたとは領主として対等であるはずです！　盟主は十二領主の上に立つ絶対権力者ではありません！　僕らの総意を表明する存在にほかならない！　ゲオルグ＝オズワン殿、違いますか！」

「貴様――ッ！」――男のひとりが剣を握った。

「僕をフィールズ領主代理と知っていて抜きますか。ならばオズワン領主は盟約をやぶるということですね？　後ろには早馬を持つ従者が控えています。オズワン領主の盟約違反を従者に議会で証言させてもかまいませんが、それでも抜くのならば止めません！」

たじろいだ者たちは顔を見合わせ、困惑し始めた。

剣を抜く勇気のある者はいなかった。何人かが焦った様子で場内に駆け込んでいく。

「ただの坊やだと思ってたんだけどなぁ」

イーサンは木に寄りかかりながら声をたてずに笑った。

「……彼に仕えて何年だ？」

「んー、まぁ一年くらいか。仕えてるっていうか、過保護な父君サマから用心棒みたいな扱いで雇われてな。オレはベイリー地区の酒場で暴れ倒してたら拾われただけだぜ」

「拾われた？　おまえから志願したんじゃないのか」

「そーね。ま、いろいろあったんだよ」

なぜかイーサンの返事は素っ気なかった。

「相棒、気づかないか」

シドが鼻をひくつかせて茂みから顔を出した。

「血の臭いがする。しかもひとりじゃない」

「なに……？」

「――ぎゃああっ」

屋敷のほうから複数の悲鳴が轟いた。

ブラッドフォードとイーサンは同時に駆け出した。すこし遅れてシドも飛び出す。その気配にアルフォンスが振り返った。

「どうした！」「た、たいへんだ」「落ち着け！」「ひぃ、ひぃ」「恐ろしぃ！」

次々と戻ってきた者たちは顔面蒼白で、ばたばたと他の者にしがみついた。焦って転ぶ者までいた。腰を抜かして恐怖にむせび泣く者まで見えて、オズワン城正門前は騒然となった。

「なにがあったのです？」

アルフォンスは膝をつき、怯える者に問いかけるが、返答は嗚咽になるばかりで言葉にならない。

「おそらく奥の屋敷だ。かなりの人数が死んでいる」――シドが叫ぶ。

誰も白狼の登場に慄くだけの余裕はなかった。

ブラッドフォードは咄嗟にアルフォンスを見やる。

「白狼の鼻は優秀です。城内には賊がまだいる可能性もあります。人間が闇雲に探索するのは危険かと。どうしますか？」

彼から力強く頷かれた。――行って、という意味だった。

この騒ぎの場はアルフォンスが責任をもって収拾するのだろう。

「イーサン、僕の代わりに立会人になってくれ！　彼らに嫌疑がかけられては困る」

「承知しましたよ、っと」

城門を抜けてふたりと一匹は広大な芝生の上をひた走る。

「おいおい犬っころまで来るのか？」

その一言にシドはむっとした。

「聞き捨てならないぞ。誇り高き白狼を犬っころ呼ばわりだと？」

「いまじゃあ女王サマのペットなんだろ、犬ッころじゃねぇか」

「愚弄するか、脆弱(ぜいじゃく)な人間ごときが！」

ブラッドフォードは摑みかからん勢いで口論しているふたりの間に割って入った。

「喧嘩するな。シド、血の臭いは屋敷のどこからだ」

「上だ」

白狼は荘厳な屋敷を見上げた。

獅子王の聖剣――。

ヴァルファーレン皇国の君主の証であり、それは代々皇帝に受け継がれる。

彼の剣について皇国民全員が知っている逸話がある。

勇猛果敢な初代皇帝がこの地を統一するため、たったひとりで最前線で振るった剣であり、千人斬ってもその斬れ味は変わらなかったそうだ。柄から鍔にかけて彫られた装飾の獅子は真っ赤に染まったと言われている。その尋常ならざる強さを讃えるかのように獅子の瞳には深紅の宝石がはめ込まれているのだった。

しかしそれは民衆による言い伝えや書物上での話だ。

皇帝の存在を畏敬とするための作り話ではないかという見解もある。

その覇者の剣とも喩えられる獅子王の聖剣――子々孫々に継がれ続けるものは、大軍を相手に獅子奮迅の戦いをした〝勇気〟なのか、それとも千人の屍を築いた殺戮による〝支配〟なのか。

(俺はあの国のことを深くは知らない……)

この三連国においてもっとも歴史のある国であること、広大な国土を所有していること、さまざまな階級にわけられた人間がひしめくように暮らしていること……。

オルデナ山林の向こう、国境壁の隙間から灰の塊のように見える鈍い色の帝都。

あの国が三連国の中でもっとも多くの屍の上に建っていることだけを、ブラッドフォードは知っている。

「……朝食を召し上がらないことはしょっちゅうなのです……、明け方までお酒を召し上がった日には……夕方までお休みになることもありまして……」

寝室の入り口で召使いの女性はがたがたと震えながらうつむいていた。

「ですから……、わ、わたくしどもも……特に不審には思わず……」

イーサンが「もういい」と遮った。室内を見せないよう彼女を正面から抱きしめる。

彼女は知らぬ間に起こった惨劇の恐怖に耐えられなかったのか、彼の胸でわぁわぁと泣きじゃくった。

エルンスト諸侯同盟の盟主・ゲオルグ＝オズワンは、天井の豪勢なシャンデリアを見上げていた。膝を折り、両手を突き上げ、まるで天上におわす神にでも縋ったのか――

まさにその救いを求めた祈りの瞬間で彼の時は止まっている。

大きく開かれた口には、獅子王の聖剣が突き刺さっていた。

第二章

獅子王の聖剣

エルンスト諸侯同盟の緊急議会は十八の刻にもかかわらず、オズワン城の一室で開かれた。長机には左右に六席ずつ椅子が並ぶ。

あれからすぐにアルフォンスはオズワン城から早馬を出した。知らせを聞いて駆けつけられたのは、八人の領主だった。オズワンとフィールズを除く残り二人の領主は執務の都合ですぐには行けないと言付けを託し、代理として嫡子の従者がやってきた。

まばらに集まった領主らは軽い会釈を交わしながら各々の意思で席に着いた。誰も上座に近い椅子を選ばず、大きな聖母の絵画から離れるように、遠い席から埋まっていった。

眠い目をこする者。両手であくびを隠す者。

苛立ちをあらわに足を揺する者。

難しい顔をして腕を組んだまま眼を伏せている者。

せわしなく周囲を見回す者――……室内は重苦しい空気が充満していた。

やがて、オズワン城の召使いを引き連れたアルフォンスが入室してきた。全員の視線がぎろりと彼に向けられる。召使いは恭しく三人がかりで十二色の宝玉を運んできて、長机の上に置いた。アルフォンスは立ち止まってぐるりと領主たちの様子をうかがう。

その中に十二色の宝玉が〝ここにある〟という事実に動揺を見せる者はいなかった。

「……ありがとう、下がって」

アルフォンスは召使いらに部屋から出るよう命じた。主人の凄惨な死を共有し、混乱している屋敷の者たちにはなるべく話を聞かせたくなかった。

「お集まりいただきありがとうございます」

盟主・ゲオルグ＝オズワンが座るはずだった上座の椅子の背に、アルフォンスは手を掛けて口を開いた。

「フィールズ領主代理のアルフォンス＝フィールズです。前回のエルンスト諸侯同盟定例議会、停戦条約会談の決議会において、父の代理で参りましたので、お初にお目にかかる方はすくないと思いますが――」

「前置きは結構、フィールズの小倅殿」

白髭の豊かな最高齢の領主が口を挟む。太い腕を組み、背もたれを軋ませた。

「……で、ゲオルグ殿を殺したのはそなたらフィールズの者ではあるまいな？」

射貫くような睨みだった。

「死後一日は経過しておったという話だが、立ち会ったのはそなたの従者らであろう。まあ城内の者には金でも摑ませて偽証させればどうにでもなろうな」

アルフォンスはちらりと彼を見やっただけで、すぐに視線を全員に戻した。

「僕が従者とともにオズワン城を訪ねたのはつい先ほどのことです」

「証拠は?」

「門番の者たちにお尋ねを」

「そのことも含めて疑わしいと訊いておるのだがな。まずなんの用があって、夕刻に、領主代理たるそなた自らがこの城を訪ねたのか。その急を要した〝用件〟から順を追って説明いただきたい。なぜ我らがここに呼ばれたのかもな」

「わかりました。では——質疑は最後に伺います」

アルフォンスは胸を張る。青く澄んだ目をひとりひとりに向けた。

「僕はゲオルグ=オズワン殿に、盟主の座を降りていただくようお願いに参りました。最終的には緊急議会にて多数決により決定とし、この僕、アルフォンス=フィールズをエルンスト諸侯同盟の盟主に任命していただきたいと——」

「なんだとッ」「なぜそのような」——老領主らはカァッと顔を紅潮させた。

比較的若い領主らは関わりを避けるかのように顎を引いた。

「各々方、僕は〝多数決により決定〟と申し上げました」

だがアルフォンスは冷静だった。

「僕はいま提案をしたに過ぎません。もしゲオルグ=オズワン殿に盟主を降りる意思がなければ、議会において決選投票をする覚悟もありました。それを急がなければならない理由もありました。いまから僕はその理由をお話しするのです。いいですか――」

　そこまで言うとアルフォンスは机に拳をたたき付けた。

　うつむいていた領主代理の従者がびくんと肩を跳ねさせる。

「我が国には絶対君主は存在しません。ここにある十二色の宝玉に誓い、十二の領民全員が平等の同盟国だからこそ、議会による多数決ですべてを決めてきたはずです」

　波が引くように場は静まりかえった。

「あなたがたが持つ一票は、あなたの立場を守るための一票でもなければ、隣人の顔色をうかがう一票でもありません。領民たちの一票が集約した〝一票〟なのです」

ブラッドフォードたちは、ズワナ大河の源流にほど近い、小高い山に駐留していた。

エルンスト諸侯同盟の水源を支えるズワナ大河は、オルデナ山林とリャナ谷周辺の雪解け水が流れて合流し、現在のような大きな河になったと言われている。だからなのか、川の水はひどく冷たい。手を入れれば途端に体温を奪われる。

片膝をつき、ブラッドフォードは川の水で血塗れになった獅子王の聖剣を洗った。

黒々とした闇の水面に、刃こぼれひとつない鈍色の鋼が沈む。

星の瞬きがするりと流れて反射した。ブラッドフォードは眩しさに目を細める。

(並の剣じゃないな……)

直刀でありながら幅広く長い刀身は片手剣の比ではなく、両手剣にしてもかなりの重量だった。これで千人斬ったという逸話はあながち間違いではないかもしれない。

布で拭き取れば不思議と血脂の痕跡は消えた。人の骨肉を貫いたというのに、輝きはおろしたての剣のようだった。

(こんな剣を持つのは初めてだ)

エリザベス二世から与えられたブラッドフォードの剣もそれなりに上物だ。しかし獅子王の聖剣は人を殺める武器としての格が違う。いったい何人、いや何十人、何百人まで、この刃の輝きを鈍らせずに斬り続けられるだろうかと思ってしまうほどだった。

獅子の目、赤い宝石がブラッドフォードを試すように見上げてくる。

殺しては、相手の剣を奪い、斬れなくなるとまた誰かを殺して新しい剣を奪わなければならなかった。

（……思い出すな）

だから剣はこのような宝などではなかった。

もっと斬れる剣があればいいのにと思った時期があった。

武器を失えば死に直結する日々の中、そう考えていた。

奪っては殺し続けたあの感触を、ブラッドフォードの手指は覚えている。

（ヴァルファーレン初代皇帝はここまで斬れる剣を持っていたから覇者になれたのかもしれない……、それとも、持たされて覇者にならざるをえなかったのか……）

立ち上がって獅子王の聖剣を両手でしっかりと握る。

夜空の月をふたつに割るようにひゅっと振り下ろすと、水しぶきが周囲の木々の葉に当たった。ひと振りが異様に重い――戦い慣れた者でなければ扱うのは難しいだろう。

（いったい誰がこの剣でゲオルグ＝オズワンを殺したんだ？）

エルンスト諸侯同盟はそもそも十二領主の集まりである。そのため各領では自治をするための小規模な自衛部隊は持っているものの、同盟国そのものとしては軍隊を持たない。内戦に特化しているぶん、内乱は起きにくい。だが諸外国との戦いともなれば、傭兵を金で雇うか、奴隷たちを即席の兵隊にして送り込む以外はなかった。

（この剣が扱えるだけの腕前の者……）

まるで犯人が自ら名乗り出ているようなものだった。

「相棒、予想通りだったよ」

オルデナ山林の方角から白狼がやってきた。口には長い棒のようなものを咥えている。

シドは浅い川をひょいと飛び越えて、口に咥えたそれをブラッドフォードに渡した。

木製の鞘には雄大な海と山脈の彫りが施されている。中央部から鐺（こじり）を覆う革には前脚を上げた獅子の焼き印が押され、全体的に相当な年月を経ている飴色だった。

「獅子王の聖剣の鞘だ」

ブラッドフォードは疑う目でじっくりと観察してから獅子王の聖剣を差し込んでみた。

白刃は吸い込まれるように収まった。

「わたしの鼻を疑うな、間違いない」

「どこにあった？」

「オルデナ山林の麓だ。国境は越えていない。誰かが剣を抜いてそいつを捨てたんだろうな。犯人は証拠が残らないよう慎重を期して手袋でもしていたかもしれない。微量だが……懐かしい野花の匂いがする。オルデナ山林に生える毒にも薬にもなる花だ」

「薬とはどういう意味だ？」

「使い方次第では催眠効果があるらしい。前に陛下がそうおっしゃっていた」

「なぜ陛下が……？」

「陛下は博識なお方だからな。ご存知でも不思議ではない」

ブラッドフォードはオルデナ山林の連なるみっつの小高い丘を見上げた。

月明かりとは違う、揺らめく灯火のような茜色(あかねいろ)を見留める。

「……人間はいつも殺し合っているな」

枯れ葉が燃えて舞い上がり、赤黒い煙が細く立ち上っていた。

シドの瞳にも遥かな炎が映る。

「命とは奇跡の果てに誕生する儚(はかな)いものだ。産み、育て、慈しみ、その命を長く保たせることは、なんとも難しい。白狼(わたし)は気がついたらひとりだった。おなじ姿のものはいなかった。わたしい以外にわたしがいないから余計にそう思ってしまうのかもしれない」

今宵の風はやけに乾いている。

「人間は増えすぎた。人間を捕食する者もほとんど絶滅した。ならば人間同士で減らし合わないと、地上は人間で溢れかえってしまうのかもしれないな」

「……」

「わたしにはそう見えて仕方ない。この孤独に納得できる理由がほしいのだよ。怒りは通り越せても、残された虚しい心の穴を埋めるには屁理屈でいいから理由がほしい」

ブラッドフォードは白狼の背を撫でる。その珍しい行為をシドは「同情か？」と鼻で笑った。

「人間が憎いなら素直にそう言えばいい」

「うん……？　なんだ、わたしはそんな心配をされていたのか」

シドは暗い川の流れに視線を落とす。

「残念ながら生き残ってしまった、哀れな白狼の戯(ざ)れ言だよ」

イーサンは地面に穴を掘って小さな竈（かまど）を作っていた。集めてきた薪木（たきぎ）をまばらに組んで、その上に枯れ葉を散らした。刺しておいた松明の火をうつせば周囲は明るくなった。

「いまの時季じゃあ木の実くらいしかないな」

炎の前に胡座（あぐら）を掻いたイーサンは、平らな石をふたつ叩いた。赤子の拳程度の大きさの木の実にヒビを入れて、次々と炎の中に放り投げる。

「その腰の干し肉は夜戦用にでも取っときな。いまから本拠地に乗り込むんだろ？」

ブラッドフォードはイーサンの向かい側に腰を下ろした。

「ま……肉食の白狼さんのお口には合わないだろうけど？」

「わたしは草食だ。肉を口にしたことなどない」

「そりゃあ女王サマの言いつけを守って我慢してるだけだろ」

「ならば最初に食らう肉をおまえにしてやろうか」

シドはイーサンをじろじろと睨みながら相棒のすぐ横に居場所を決めた。ブラッドフォードの尻にふわりと白狼の柔らかい毛が触れる。シドの尻尾があろうことか獅子王の聖剣に乗ったので、そっと逆側に置き換えた。丁重に扱わなければならない君主の証だ。

「おいシド……仲良くしろとは言わないが……」

「こいつは何者だ。やけにおまえと親しげだが」

威嚇するようにシドは長い尻尾を膨らませた。

やれやれとブラッドフォードは肩を落とす。乾いた枝を拾い、炎の中で焼かれる木の実をつつく。するとパチンと爆(は)ぜる音がして木の実の外皮はふたつに割れた。香ばしい匂いが漂い始める。

「おまえが知らない頃の俺の知り合いだ」

ブラッドフォードは焼けた実を枝の先に突き刺してふぅと息を吹きかけて冷ました。

シドの口元にもっていくと、白狼はしばし鼻をひくつかせてやっと舌先ですくい取った。

「オレらが寝食を共にしてたのはだいぶ前だよなぁ」

挑発するようにイーサンがくっと喉を鳴らした。

「女王サマのお庭で大事に育てられた犬っころには理解できない、深ぁい関係さ」

「イーサン、よせ」

ブラッドフォードは焼けた木の実をひゅっと投げた。

「おっと……あぶねぇな」

「妙なことを言ったら今度こそ噛みつかれるぞ」

シドは木の実をすりつぶしながら低く唸っていた。牙は剝き出しだった。

「愛されてんねぇ」

まだ湯気のたつ熱い木の実を両手でもてあそびながらイーサンは唇を尖らせた。

ブラッドフォードは胡座の上に羊皮紙の書状を広げる。

オズワン城内でアルフォンスが急ぎ、オズワン＝ゲオルグの筆とインクを拝借して、エリザベス二世に宛てて書いたものだ。そういうわけで封蠟はされていない。

ブラッドフォードにはこの紙になんと書いてあるのかは読み取れない。物心ついたときから戦うことだけを教え込まれ、学問と触れ合うことなどなかったからだ。だがあの実直な青年・アルフォンスのことだから、偽りの出来事は書いていないはずである。


妾の番犬は読み書きができぬのか。

ならば簡単な字だけ教えてやろう。

読めなくてもよい、そなたは〝書ければ〟よいのだ。


（いまなら陛下がおっしゃっていた意味が理解できる）

盛り上がった灰にさくりと木の枝を差し込んだ。

「俺はこの獅子王の聖剣を持ってヴァルファーレン皇国へと渡る」

「正気か？」――イーサンは素っ頓狂な声を上げた。

ブラッドフォードは灰をかき混ぜながら頷いた。

「逆にそいつを持って女王サマのところに戻れよ。まだエリザベスの鏡は見つかってねぇんだぜ。もしかしたら交渉の材料に――」

「この君主の証のすり替えは、罠だ」

「罠……？」

「おまえもなんとなく気づいているだろうが、エリザベスの鏡はおそらくヴァルファーレン皇国にある……だがその確証はない。つまりいまこちらができることは獅子王の聖剣の〝返還〟だ。エリザベスの鏡との〝交換〟じゃない時点で、オリヴィア王国はなぜ獅子王の聖剣を所持しているのか釈明を求められる不利な立場になる」

灰まみれの木の枝先を書状の上にトントンと置いた。

「……相棒？」

シドが相棒の妙な行動にぴくりと耳を動かしたが、ブラッドフォードは炎を見つめたまま視線を合わせようとはしなかった。

「だからといってエルンスト諸侯同盟が獅子王の聖剣の〝返還〟をすることもおかしい。オズワン領主・ゲオルグを殺害したのは確かにこの剣だが、殺した人間がヴァルファーレン皇国の者という証拠がない以上、やはり釈明を求められる不利な立場になる」

「はぁー……なるほど。そういう意味の罠、か」

イーサンは波打つ横髪をいじりながら眉根を寄せた。

「なぜこうなったのか――整理するとだな……」

するすると木の枝を這わせながら、ブラッドフォードは続ける。

「獅子王の聖剣、十二色の宝玉、エリザベスの鏡が、それぞれの国の君主のもとから紛失してしまうことで、いったいなんの不都合が生じるのか。そもそも君主の証は、所持している者を、その国の皇帝・盟主・女王と証明するものに過ぎない」

「ってことは……取り急ぎなにかに使うようなもんじゃあねぇよな……」

「それに俺たちのような下々が、ひと目見ただけでそれを君主の証だとわかるだろうか」

「……うん……？」

イーサンは首をかしげる。

「俺は君主の証というものがあることそのものを知らなかった」

「まぁ、即位やら議会のときに遠目から見られるくらいだもんな……つったらオレらが見る機会は滅多にないのか。――あっ、そういうことか！」

ぶつぶつ思考を口にしてからイーサンは納得したかのように手を叩いた。

「だがその滅多に使われない君主の証を、公で使うときがきた」

ブラッドフォードの操る木の枝は横一本の線を引いて、書状の端に穴を開けた。

シドは彼の不審な動きを目の端に捉えながらも黙っていた。

「まもなく執り行われる停戦条約締結の会談にて、三人の君主が、己が君主であることを証明するためにな」

風が吹き、炎の勢いが一層強まる。

火は渦を巻きながら枯れ葉を焦がした。

「なかったら、どうなる？」

イーサンの口調は静かだった。

「会談は成立しない」

ブラッドフォードは木の枝を両手でへし折った。

焚き火に放り投げると一瞬で黒い影になった。

「じゃあよ、たとえば……だぜ？　獅子王の聖剣をどっかに隠すのは？」

「それになんの意味がある？」

ブラッドフォードはため息混じりに疑問を呈す。

「いやだから、たとえばっつーか……あー……、けど、それじゃあだめだな……」

うまい答えが思い浮かばなかったのか、イーサンは髪をがしがしと掻いた。

「いま君主の証を持つのはエルンスト諸侯同盟だけだが、アルフォンス様がどう停戦に向けて働きかけようと、この国はひとりでは物事を決められない」

「状況も変わっちまったしなぁ……」

「領地にズワナ大河を持つゲオルグ＝オズワンの死によってオズワン領の所有権の内乱が起きてもおかしくない」

「最悪じゃねぇか」

「あぁ……外交どころじゃないかもな」

エルンスト諸侯同盟は三連国の中では停戦に対してやや肯定的ではあるものの、アルフォンスが言っていたように貧しくなったから仕方なく締結に応じるといった姿勢だ。このまま戦争を続け、他国の領土に侵略して、資源を得よう――という方針にぐらつく可能性もなくはない。国の意思が多数決で決まる国だからこその不安が残る。

「……シド、前脚を出せ」

「うん？」

黙りこくっていた白狼が顔を上げた。言われた通りに右前脚を相棒の膝に乗せる。

ブラッドフォードは書状をまるめて革紐でくくり、シドの脚に巻き付けた。

「リャナ谷を迂回してフィールズの山間から戻れ。おまえの脚なら夜明けにはオリヴィア王国に戻れるだろう。たぶん冬支度の資材を運ぶ荷馬車に乗ってあいつがテンプル城内に入るはずだ。あいつにこの書状を渡せ。白狼のおまえじゃ無理でも、あいつなら屋敷に忍び込んで、うまいこと陛下に渡してくれるはずだ」

シドは驚いてがばりと起き上がる。

「おまえはどうするのだ」

ブラッドフォードは相棒の問いに答えないまま立ち上がった。獅子王の聖剣を肩に背負う。了承を得ぬまま灰を蹴って火を消し始めると、まだ食事中だったイーサンは「おいおい！」と驚愕に跳ね上がった。

「密談は以上だ。……シド、イーサンをオズワン城まで連れて行ってやれ」

「なっ……！」「はあぁっ？」

シドだけじゃなくイーサンまで抗議の声を吐いた。

「アルフォンス様には盟主殺害の嫌疑がかけられているだろう。彼はまだ若い、実戦経験も浅そうだ。だからおまえは用心棒として雇われているんだろ？」

「そ、そうだけどよ……」

「フィールズ領主も唯一の跡継ぎが不在なことを心配しているだろうからな。それは俺の責任の範疇じゃない、おまえの仕事だ」

薄闇の中でイーサンは不服そうに舌打ちした。

「おまえは五年前もそうだったよ」

「……」

「おまえはひとりでぜんぶ背負った顔で、同胞が逃げ出すのを見送ったんだ」

悪態を聞き流してブラッドフォードは外套を翻した。

すすめ、すすめ。

おれたちにかえるいえはない。

すすんださきにはあるかもしれない。

きぼうをもっていたやつは、まっさきにしんだ。

すすめ、すすめ。

このくらくてさむいせかいを、どこまでも。

すすめ、すすめ、どこまでも、すすめ――……


「……――すすめ、すすめ、すすめ……」

少女は泥水を吸い込んだマントを頭からかぶって蹲っていた。

口ずさむのは誰が教えてくれたわけでもない、即興の音色を纏う歌だった。

「すすめ……すすめ……、どこまでも……」

目からは大粒の涙が零(こぼ)れ、煤で汚れた頬にふたつの筋が流れる。

　こうして歌い続けてどれほどの時間が経っただろうかと少女は思う。

　背後からはごうごうと炎が襲ってきていた。

「すすめ、すすめ、すすめ」

　けれどいつまで待っても炎はゆっくりで、未だ自分を焼き殺してはくれなそうだった。

　水分を豊富に含んだ樹木は、燃えるのに随分な時間を要していたのだ。

　手足は濡れてかじかんでいるのに、背中は蒸されて全身から汗が噴き出ていた。

　暑い。喉がからからに渇いている。幾筋も額から垂れてくる塩辛い生命のしずくを飲み下した。

　寒い。両手でしっかりと握っていたはずの剣は、足下で転がっている。がくがくと震える指は拳をつくったまま固まって開かない。

「生き残りか」

　いきなり肩を捕まれて、少女ははっと息をのんだ。やっとの思いでマントの陰から顔を出す。「女か」「子どもだ」「まぁいいさ」――と、舌なめずりをする影が嗤った。

　……が、炎の視界には一瞬で真っ赤な飛沫(しぶき)が舞う。

　みっつの影は横一閃に裂かれた。

　肩を摑んでいた腕は、滑るように泥水に沈んだ。その音に少女は肩をすくめる。

白銀の刃が眼前で曲線を描いたように見えた。

けれど、やがて近づいてきたその剣には人を殺めた痕跡はない。煌々と炎の揺らめきを反射させて少女の小さな身体を照らす。

「……おまえの家族は？」

掠れた声で尋ねられた。少女は呆然と男を見上げた。

「殺したの」

「あぁ……殺した」

「ううん、ちがう、家族は、わたしが、殺したの」

そう何度も絞り出すうちに唇が震えた。

「兄弟だったの。姉妹だったの。髪も、目の色も、おなじだった」

おそるおそる拳を開くと粘ついた感触がよみがえってきた。

「これもわたしとおなじ、色をしていたの」

「そのマントはどうした」

「わたしの――」

「おまえのものか」

「わたしの……」

縋るように少女はマントの裾を摑んだ。前脚を振り上げた獅子の刺繡が爪先に引っかかる。戦場の荒々しさもあらわに、糸がほつれ、使い古されたマントだった。

「それはおまえの家族か」

大木の根元で子どもたちは眠るように横たわっていた。全員、少年だった。皆みすぼらしい穴だらけの麻の服を着ており、彼女とは明らかに服装が違った。

少女は黙りこくる。折れた剣が彼らの死骸ぶんだけ地面に突き立てられている。

「おまえはヴァルファーレン皇国の兵士か」

「…………」――少女は応えない。

「けど、おまえが殺した家族は、エルンスト諸侯同盟の人間なんだな」

「……兄弟だった……」

殺してから気づいた、と少女は呟く。

「だって……わたしたちは、……殺さなければ、殺されてしまうから……」

小さな膝を抱えて少女はすすり泣き始めた。

「ここは危険だ。すこし北上するぞ」

ぽんと肩を叩かれてびくんと怯える。大人の男に触られることは彼女にとって恐怖でしかないのだろう。この反応だけで彼女の歩んできた壮絶な人生が想像できてしまう。

「俺の名前はブラッドフォードだ。おまえに乱暴なことをしない国から来た」

ふと、少女の鼻にいい匂いがした。くんくんと嗅いだ。

口元に差し出されたのは、肉を干したものだった。

「食うか？」

初めて会う人から渡される食べ物に警戒こそしたものの、腹の虫が鳴くことは止められない。少女は男の手から奪うように干し肉を取ってがぶりとかじった。

おいしい——嚙みしめるほどに生きていることを実感する。少女は一気に干し肉をたいらげ、腕で目元を拭った。

「立てるな？」

少女はこくんと頷いてゆっくりと立ち上がった。

少女の名前はレイといった。

エルンスト諸侯同盟で生まれたと推測される。

物心ついた頃には鎖で首と手足を繋がれていた。

暗い穴蔵でおなじ境遇の子どもたちと育った。レイという名前はそのときに血の繋がらない兄弟姉妹たちからつけられた。名前がないと誰が誰を呼んでいるのか、判別がつかず、不便だからだった。レイは自分の名前を気に入っていた。その名前で呼ぶのは鎖に繋がれた子どもたち――家族だけだからだった。

木の棒を持たされ、レイたちは毎日殴り合いをさせられた。

殴り倒すのがうまいやつだけ食事が与えられた。

ひとり、またひとりと餓死していく家族を横目に、レイたちは互いを殴り合った。

やがて鎖が外された。その手に握らされたのは重い鋼の刃だった。

――すすめ。

背中を押されてリャナ谷を源流までのぼった。

泣き出す子どもを大人たちは蹴り飛ばした。逃げだそうとする子どもは後ろから刺された。その亡骸を埋めさせられて、レイたちは前へすすむ以外の道はないのだと悟った。

——さぁ、すすめ。

オルデナ山林を下った先では鎧（よろい）や甲冑を纏った兵士たちが横一列になっていた。無我夢中で駆け出した。あの大きな人間たちを殺して前にすすめば、レイたちは自由になれると思っていた。なぎ払われ、串刺しにされ、絶命する家族を振り返ることなくレイはただただ前へとすすんでいった——……。

「……そうしておまえだけが生き残ったのか」

ブラッドフォードは焚き火にあたりながら震えている彼女に、自分の外套を着せてやった。鼻頭を赤くする少女・レイの泥だらけの顔を外套の裾で拭いてやる。頬にそばかすが散り、睫毛は長く瞳は大きい。まだ幼さが残るものの美しい顔立ちだった。

「兄弟が……捕まった、だから、わたしは……兄弟を助けてと言ったの……」

「腕を買われてヴァルファーレン皇国の兵士になったのか」

「……うん、……そう……、たぶん……」

少女の両手には細かい擦り傷はあったものの、目立った怪我はない。

彼女はおそらく自分とおなじだ、とブラッドフォードは思った。

「俺もそうだった」

彼女はエルンスト諸侯同盟の奴隷兵士の中でもずば抜けて腕が立ったのだろう。たどたどしい彼女の言葉をかいつまむと、捕虜になってしまった子どもたちを助けるために、敵側になることを強いられたのだ。ヴァルファーレン皇国のマントを着せられ、再び最前線に立たされた。そして少女の剣はかつて助けた兄弟を殺す刃となってしまった。

「おまえとおなじだ、俺も……助けたかった」

「え……？」

レイは隣に座るブラッドフォードを見上げる。

「俺も昔はこの国で奴隷だった」

焚き火に小枝を放り投げる。

「おまえとはすこし状況が違うがな」

「……教えて」――少女は男の顔に傷があることに初めて気づく。

ブラッドフォードはぽつぽつと身の上を語って聞かせた。少女は黙って聞いていた。

「そんなに真面目に聞く話でもない」

「ううん……うれしい、あなたもわたしの、仲間……兄弟」

「そう言ってくれるか」

「うん。会えて、よかった」

もじもじと両手を擂り合わせる少女を一瞥し、ブラッドフォードは意味も無く足下の小枝を拾っては、手折って焚き火に投げ入れる。

「わたしは……どうしたらいい？」

髪を洗って櫛でとかせば、彼女には新しい生活もあるかもしれない。うまく敵に見つからずに南下すれば、オリヴィア王国の北方リャナ国境壁警備隊に合流し、難民として保護してもらえる。彼女にはその逃げる手段を教えてやるべきだと思った。

赤く照らされた地面に簡単な地図を描いてやった。このあたりの地理には詳しいのか、彼女はこくこくと頷いていた。「わかったな？」と言い聞かせて頭を撫でてやった。

「このマントはもらうぞ」

「あなたは……？」

レイは意外にも、行こうとするブラッドフォードのシャツを引っ張った。

「あなたもわたしの、仲間……、兄弟だから……見捨てられない」

藍色の目には、かつてある人物から向けられた眼差しと似たものが映った。

オリヴィア王国の静かで美しい月夜が、エリザベス二世の白い吐息で曇り始めた。

いくつもの正方形の枠にガラスがはめ込まれている寝室は、暖炉を備えていてもひどく冷えた。先代王エリザベス一世は、寝室をこのようなしつらえにしたことには意味があると、幼い姉妹に語って聞かせた。

昼間、執務に忙しいエリザベス一世は、寝室では母の顔を見せた。

大きなベッドで母をはさみ、姉妹は眠りについた。けれど妹のシャルロットは昔から寝付きが悪かった。月の光が眩しくて母にカーテンを引くよう請い願ったこともある。

——母上、月が……怖いのです。

そのとき決まって母は言った。

あなたがもしこのベッドでひとりになったとき、この景色をどう感じるかしら——と。

(母上はすべてをわかっておられた)

エリザベス二世はガラスに細い指を這わせ、額を擦りつける。

(妾が先に生まれておれば、こうはならなかった)

金色に輝く睫毛を伏せた。

……第一王女アイラは幼い頃から明るく人なつっこい性格だった。顔立ちは母によく似ており、栗色の癖が強い髪とまんまるの赤い瞳は、幼少期のエリザベス一世の肖像画に瓜二つであった。悪戯を仕掛けては女中たちを困らせ、文学・道徳・戦術・帝王学には興味を示さなかった。その純粋で奔放な姿に、屋敷内の誰もが裏からの扱いやすさを感じ、ほくそ笑んでいた。

第二王女シャルロットは生まれ落ちたときから特殊であった。半年前に戦場で亡くなった父にも、母にも似ていない透き通るような金髪に、翡翠色の瞳。母は不貞を疑われた。この国の絶対権力者に意見を言う者はいなかったが、身ごもったのは戦地に向かった父との子なのか、それとも――、と皆は密かに噂した。シャルロットは足下がおぼつかない頃から書物を好み、姉のアイラとは正反対で文武に秀で、けれどもその鋭い目は常に他者を値踏みするようだった。女中たちからは気味悪がられていた。

周囲の者から愛情を注がれて育ったアイラに対し、シャルロットは常に孤独であった。

だが母だけは違った。母はふたりの娘におなじ月を見せて寝かしつけることを欠かさなかった。アイラは月を見上げることはほとんどなく、昼間に屋敷の者たちと遊んだことを自慢げに話しきってはすぐに眠りについたのだった。シャルロットにとって姉が寝たあとは、唯一孤独ではない時間であった。

「あなたはなぜ月が怖いの？」

「太陽は変わらないのに、月は日ごとに変わるからです」

「それがどうして怖いの？」

「欠けては満ちることの繰り返しが、まるで人の紡ぐ歴史のようなのです」

「人の歴史は日ごとには変わらないわ」

「ひとりが欠けても歴史は変わるのです。ひとりが生まれて歴史が変わるように」

「それが怖いの？」

「あの月が欠けて満ちなくなる日がとても恐ろしく感じます」

「月は……消えないわよ」

「そう信じたくても信じられないのです。変わらないものは、この世にはないから」

「あなたの目にはいつも、わたしたちと違うものが見えているのね」

（人が、歴史が、変わる恐ろしさを、妾だけが知っていた……）

それから三人だけでとる食事の異変に気づき始めたのは、アイラが食事にあまり口をつけなくなってからだった。ある日はパンだけを食べ、またある日は果実だけを食べて下げさせていた。シャルロットは彼女の変化に合わせておなじように食事を残した。

やがて母はナイフやフォークをよく取り落とすようになった。

いやだわ、なぜかしら、と笑いながら拾うその顔は青白かった。

女中たちは見て見ぬふりをしていた。

彼女たちの食事を運ぶ表情は硬く、怪しいものが感じられた。

母はそれでも食事に不審を感じるそぶりを見せなかった。

そしてついに――その夜は訪れる。

食事を終えて、アイラから葡萄酒を注がれた母エリザベス一世は、シャルロットを見やった。嫌な予感がした。けれど母は疑うことなく震える指でグラスを掲げる。

「……この一杯を、新しい女王に……」

「飲んではなりません！」

シャルロットは立ち上がった。

母はふっと笑ってその杯を一気に飲み干した。

床でグラスの破片が跳ねると同時に、母の身体はがらりと前に倒れ伏す。

「気づいていたのね」

「姉上、……なぜ」

「この国の女王になるのはわたしなのに」

「あね、うえ……？」

「あとから生まれてきたくせに」

「姉上」――シャルロットは後ずさった。

「お母様はやっぱりあなたに葡萄酒を捧げた」

　アイラの言葉には涙がまじる。

「あなたのほうが美しくて、あなたのほうが頭もいい。わかってたわよ、わたしじゃあお飾りの女王にしかなれないって。でもね……わたしは自分の力であなたを上回った。媚び諂って味方を増やしたの。もうこの屋敷にあなたの味方はほとんどいない。能力が認められて女王になったって、誰も言うことを聞きやしないわ」

「姉上は……それでよかったのか？」

「なにが」――アイラは顔を歪める。

「女王になっても孤独を埋めることはできぬ。女王は絶えず変わり続ける下々の頂点に立ち、いつ何時その座を脅かされるやもしれぬ恐怖と闘いながら生きねばならない」

「なにが言いたいのよ……」

「姉上は女王になりたかったのではなく、母上に認められたかっただけなのではないか」

「黙れッ！　十も年下のあなたに言われたくないわ！　いつもそうやって、なにもかもわかったような目でわたしを見て……嫌だったのよ……、あなたなんて――」

激高したアイラはテーブルの上の肉切りナイフを取った。

「生まれなければよかったのに……ッ！」

シャルロットは直感した。なぜ月が怖いと思ったのかを理解した。

月はひとつしかない。いつかこの日がくると幼心に感じていたのだ。

怖いのは、人の変わり様を、最初から受け入れる覚悟のあった自分自身だった。

裏切りも心移ろうことも、止めることができないと知っている「孤独」な女王には、自分こそが相応しい――第二王女。


あなたがもしこのベッドでひとりになったとき、この景色をどう感じるかしら。

あなたの目にはいつも、わたしたちと違うものが見えているのね。


既に覚悟の決まったシャルロットには、躊躇うアイラの刃は怖くなかった。

姉の手を叩き、落ちたナイフを先に手に取ったのはシャルロットだった。

「ヒッ……」――アイラは目を見開く。

シャルロットは馬乗りになって決意を振り上げた。

かわいそうな、やさしい姉上――。


……事切れた第一王女の胸からナイフを引き抜く。

シャルロットは血がついた白刃を布巾で拭い、ほとんど手つかずの食事の肉に添えた。

「見世物ではないぞ」――シャルロットは背後の気配に告げた。

いつの間にか部屋の隅で黒いざんばら髪の男が棒立ちになっていた。腰に剣をつるしているが、風貌からして王宮騎士団の人間ではない。しかしこの不法侵入者に、外の警備の者が騒いでいる様子はなかった。

「おまえたちに、なにがあった」

むしろ問われるべき男から不思議議な質問をされた。

シャルロットの胸元には姉の返り血が散っている。

ふたりは静かに見つめ合った。年の頃は十の少女と、二十の男だった。男は剣を抜く気配がなく手をだらりと下げたままであった。

「そなたはどこから見ておったのだ？」

　気まずそうに目をそらしたのは男だった。

「すべてか、よかろう」

　どうやら息を殺してこの部屋に潜んでいたようだ。川の水でよく身体を洗い流してから来たのか、泥や汗臭さは感じられなかったが、ひどい身なりの男だった。ぼろ切れを身に纏っているだけと言っていい。瘦せこけた頰と生気の感じられない目をしていた。

「訊かずもがなだが、王家を暗殺にでも来たか」

「……あぁ、そうだ……」

「どこの者だ？」

「東端……から来た」

「意外だな、西部のヴァルファーレン皇国ではなかったか」

　エルンスト諸侯同盟の部隊はほとんど奴隷たちで構成されていると聞く。

「そなたは奴隷兵士か？」

　そう訊くと男は僅かばかり瞳を揺らした。

　階下からは人の出歩く音がした。異状を感じている者はいない。

「まぁよい。どこからこの屋敷に侵入した？」

「隣の部屋だ……庭から……壁伝いにのぼった」

　存外、男は正直に応えた。

「誰にも気づかれておらぬのだな。なぜだ？」

「なぜ……？」――男は目だけ動かし、少女を見た。

「そなたは誰かに命令されてオリヴィア王家を潰しにきたのだろう。なぜ最小限の犠牲で済まそうとしたのだ。見張りの者を避けて来た理由を訊いておる」

「俺は、……誰かに命令されて来たわけじゃない」

「ほう、では己の意思でか」

「仲間を解放してもらう代わりに、おまえたちを殺しに来た。無関係の人間は殺したくない。俺が約束してきたのはオリヴィア王家の暗殺だけだ」

「そうか」――感情なく少女は頷いた。

　男の手は何度も剣の柄にいったが、抜くには至らなかった。眼前に転がる王家の死体に目をやってはまだ年端もいかない少女の意思を確認するように、翡翠色の瞳を見た。

「抜かぬのか」

「……おまえは……」――男はぎりっと奥歯を噛む。

「名か？　妾は第二王女シャルロット。たったいま――エリザベス二世となった」

「どうしてそんなに落ち着いている。目の前で母親が死んだんだろう……。実の姉を殺したのになんとも思わないのか。おまえを殺そうとしているやつが目の前にいるのに、命乞いもしないのか」

「妾は如何なるときでも命乞いなどせぬ」

「なんだと？」

シャルロットをぎっと睨んでようやく男は剣の柄を握った。

白刃がゆっくりと引き抜かれた。その剣は刃こぼれが激しく、鈍い輝きの刀身には人物の影がぼやりと映るだけだった。

男はその切っ先を素早く少女に向けた。鼻先でぴたりと止まる。

美しい金糸が幾本か斬れてはらりと舞い落ちた。それでも翡翠色の瞳は恐怖にも驚愕にも揺れなかった。男の窪んだ目を探るように見つめていた。恐ろしい静寂が訪れる。

互いに無言のまま、しばし鋭い視線で相手を刺し合っていた。

「……怖くないのか」

「妾にはもう恐怖はない」

「手元が狂ってすぐにはラクになれんかもしれないぞ」

「そなたがなにを求めているのか理解できぬな」

少女の瞳に曇りは一切無かった。

男は顔をしかめる。

「別に命乞いをしろと言っているわけじゃない。俺はオリヴィア王家の人間を暗殺した事実さえ持ち帰れればいい。王女をひとり仕留め損ねて逃がしてしまったっていいんだ。怖ければこのまま屋敷を出て他国に亡命しろ」

「それはできぬ。妾の命は妾ひとりのものではない。生まれたときより妾は、この国の象徴であるが故、己の意思だけでこの命を自由に扱うことはできぬ」

急に少女の声が強くなった。

「だがそなたの命も、どうやらそなたひとりのものではないようだ」

「お互い、譲れないものがあるようだな……」

「元より妾は譲る気もない」

「早く退け。いまなら見逃してやる」

「ならぬ」

「死にたいのか」

「それも、ならぬ」

「いいから退け。子どもの意地を貫くときじゃない。俺だって子どもは殺したくない」

「そなたは子どもを殺したことがないのか」

「っ……！」――男の頬に汗が伝った。

「あるのだな。ならば躊躇うこともなかろう」

「もう……殺したくはない……」

シャルロットの手は己の左の胸に当てられた。

「妾もおなじだ。妾ももう……誰も殺しとうない」

「だがおまえたちはこれからもずっと戦争をするんだろう」

微動だにしない少女に対し、男の刃の先はぶれ始めていた。

「妾は物心ついた頃よりすでにこの国とともに在ると決めている。故に国民の死は妾の悲しみに等しい。隣人が剣を持って殺しにかかってくるのであれば、こちらも剣を抜く。だが決して殺しはせぬ。妾は生涯、攻める戦はしないと心に決めておる」

「そんな……ありえない」

男は舌打ちし、ゆっくりと剣をおろしてうなだれた。

「……子どもの戯言(たわごと)だ……」

カァン、カァン、と遠くで鐘の音が響いた。男ははっと顔を上げる。まもなく夕食の時間は終わりを迎えようとしている。この部屋には女中たちが入ってくる。

「そなた、名は？」

シャルロットの手があろうことか男の剣を握るそれに伸びた。鐘の音に意識をとられ近づかれたことに戸惑いを覚えたのか男の手からは力が抜け、剣は容易に奪えた。ずしりと重い鋼は、少女の両手ではやっと持てるほどであった。

「くそ……俺を殺せ」

「名を訊いておるのだ」

男は忌々しく少女を睨みつける。

「名乗ってどうする。どうせ俺に帰る場所はない。いっそのこと暗殺事件の首謀者になってやるから、盛大に首をはねろ」

「妾は誰も殺さぬ、無論そなたもだ」

「は……？」

言い切られた男は狼狽して目を見開いた。

「名を申せ」

「……ヴァイス……、ライモンド……」

「よかろう、ヴァイス＝ライモンド。よい案を思いついた。妾と取引をせぬか」

シャルロットは「来い」と言って姉の遺骸に歩み寄った。

「剣を握る手はこうか？」

「……あ、……あぁ……、取引とは、なにを……」

ヴァイスと名乗った男は戸惑いながらも少女の顔色をうかがう。

「では永く険しい〝共犯〟の取引といこう」

振り上げた剣を、赤い胸元にどすんと突き立てた。その揺れは階下にも伝わった。

思った以上に深く突き刺さってしまい、抜くのに手間取った。鮮血が頬にも散った。

その光景を見た男が、背後で息をのんだ。

「これはそなたの剣だ」

男がなにを思ったかはわからない。無言が返ってきた。

「これはそなたがやったのだ」

何事かとばたばた階段を駆け上ってくる気配がする。

「喜べ、ヴァイス＝ライモンド。そなたは見事にオリヴィア王家のふたりを暗殺した。

これよりそなたは大罪人として大陸中に汚名を轟かせ投獄される。処罰は当然、死刑だ」

混乱を隠せない様子で男は顔を青くし、ゆっくりと片膝をついた。

「顔を上げて、目を閉じよ」――少女は再び剣を振り上げる。

男は言うとおりにした。直後「うっ」と呻いて左の瞼を押さえた。剣の切っ先が掠めたのだ。剣が足下にがらりと転がり、その上に男の顔から垂れた赤い雫が落ちた。

「おとなしく待っておれ、すぐにその命を拾いに行く。そなたは妾の番犬(イヌ)となれ」

「……かしこまりました」

ヴァイス＝ライモンドはアイラの血に濡れた剣を握って、頭を垂れていた――。


ゆっくり目を開くと、吐く息は一層白くなっていた。

エリザベス二世は感じていたよりもずっと長いあいだ、〝彼〟との記憶をたどっていたことに気づく。月の位置が高い。

「そなたはなにも訊かぬのだな」

誰にともなく問いかけた。

「それでいい。妾も、それでかまわない」

主人と犬の関係は互いの絶対的な信頼関係の上にある。背負った仲間の命ごと拾われた彼には、きっとそれに従わない理由はないのだろう。

暗殺事件の真実が互いの主従関係を強固にしている。

「妾も命じること以外はそなたになにも語らぬからな」

譲れないものを共有し合った者同士、ふたりにしかわかり得ない絆があるのだった。

「ん……？」

内庭が妙に騒がしかった。遥か眼下では、いつもは白狼と戯れている少年が、見知らぬ細身の男と身振り手振りでなにかを話していた。

リオは冬支度の荷を降ろしてからブラッドフォードとシドを捜してまわった。もしや明日にでも雪が降り始めれば、テンプル城を訪れるのはしばらく先になるからだった。日暮れになっても見つからないことに拗ねたリオは厩でふたりを待つことにし、荷馬車をその辺の王宮騎士団の男に押しつけた。そのまま忽然と姿をくらまされたものだから、兵士は渋々託された手綱を引いて城下町に降りていった。

すっかり夜になった頃、リオは居眠りに気づいて飛び上がった。

やがて警備が手薄な内庭に足を忍ばせる者があらわれた。

灯りも持たずにさくさくと芝生を踏んで入ってくる。

「もーっ、オイラに内緒でどこ行ってたのさ！」

その影をすっかりブラッドフォードだと思い込んでいたリオは後ろから飛びついた。

「うぉあっ！」「へっ？」――勢いのままどしゃりと倒れ伏す。

この程度の体当たりで転ぶほどブラッドフォードは柔ではない。いつもと違う感覚に驚いたリオはがばりと起き上がって目を瞬いた。リオは潰れた背中に馬乗りになる。

「んんー……？」

リオはぺたぺたと男の背を叩いた。この薄っぺらい背中はブラッドフォードではない。

彼はもうすこし筋肉質だし、髪の毛もこんなにうねってはいない。

「なんだぁ、誰だこいつぁ？」

肩ぐらいまである長い髪の毛をぐいぐいと引っ張ると、男は「いててて」と悲鳴を上げて跳ね起きた。「うわあぁ～」リオは弾かれて芝生の上をころころ転がった。

「なんなんだよ！」

「そりゃあオイラの台詞だい！　おまえは誰だ！」

芝生まみれになった髪の毛を掻き上げてリオは怒鳴った。

「ったく、なんでこんな時間にガキがうろついてんだよ」

「ガキぃ……？」

リオは自分に対する態度で瞬時に察する。こいつは悪いやつだと。

畑に刺してあった鍬（くわ）を引きずってきて、得体のしれない男に向けて振りかぶった。

「くせものめ、オイラが倒してやる！　やあぁぁっ！」

「まてまてまて――って、オレの話を聞けよクソガキ！」

髪の毛のうねうねした男は子馬のように四つん這いで逃げた。

「待てぇっ、この庭はブラッドフォードとシドの大切な場所なんだぞ！」

ぶんぶん振り回していた鍬が、突如空中でびくともしなくなった。はたと顔を上げるとリオの連続攻撃は不審な男の片手ひとつで押さえつけられていた。

「おいクソガキ、いまブラッドフォードっつったよな」

「は、離せ！　人さらいか！　くそっ、オイラをどうする気だこんちくしょう！」

柔そうな見た目に反して男の腕力は大人のそれだった。

「いいから聞けガキ！　オレはブラッドフォードの友人（ダチ）だ！」

「……え……？」

リオは鍬からぱっと手を離した。

「もしや〝あいつ〟ってこのガキか……？　いや、……んなわけねぇか？」

男は露骨に面倒くさそうなため息をつく。

「えぇと……ガキに話してわかるか知らねぇけどよ、密偵ってやつだ。エルンスト諸侯同盟からやってきた。ブラッドフォードから書状を託されてる」

「みってい？」

理解が追いつかない。リオは暗闇の中で髪の毛がうねうねの男の顔を見上げた。ようやく夜目が利いてきて、なんとなくではあるが表情も見てとれる。

垂れ目でふてぶてしい顔つきだ。あの無骨なブラッドフォードの友人にしては正反対というか、少々軟派に見える。

「本当にともだちなのかい？」

「そうだよ」

男は肩に担いでいた鍬を投げ捨て、無愛想に応えた。

「みっていい、ってなんだよ。オイラはそんなの知らない。ブラッドフォードはそんなの教えてくれてないぞ」

まだ不信感は拭えていない。リオは男の服の裾をがっちり摑んで膨れた。

「ガキに話すかよ……。まぁとにかく、こいつを渡してくれって言付かって来たんだ」

頼むから離してくれるか、と懇願されたが、リオの警戒心は解けなかった。

「まずはおまえの正体から暴いてやる！」

「あぁでっけぇ声出すな。わかった。教えてやるから、声を抑えろ。な？」

男は観念したのか、がくりと肩を落とした。

内庭に放置したままだったブリキの手提げ灯火具に火打ち石で灯りをつけ、改めて互いの顔を認識し合う。ほとんど油の入っていない灯火具の灯は小さかった。

男はイーサンと名乗り、リオもふんぞりかえって名乗った。

イーサンが芝生の上に胡座をかいたので、リオは隣に屈んで彼の肩に肘を乗せて手元をのぞき込んだ。

「これがエルンスト諸侯同盟の盟主・オズワン領主の鷲の封蠟だ。つってもガキには理解できねぇだろうから、まずは正式な書状であるってことだけはわかってくれよ」

「ふーん、みってい、って。ようは〝おつかい〟だね。そのオズワン領主さんはブラッドフォードとは国を跨いだ文通ともだちなのかい？」

「お、おぉ……。まぁ……ざっくり言うと、そういうこった……微妙に違ぇけど」

イーサンはリオにひくついた笑顔を向けた。

「ところでおまえはブラッドフォードとはいつからともだちなんだい？」

「いつからって、そうだな……五年、いや六年以上前かな」

「そりゃおかしいよ。だってブラッドフォードは五年前からこのお城の中にいるんだ。おまえやっぱりあやしいよ、本当にともだちなのか？」

「そいつを話すと長くなるんだが……。クソガキこそ、あいつとどういう関係なんだ。もしやあいつが隠れてこさえたガキじゃねぇだろうな？」

「ともだちだよ」

きっぱりと言い切るリオに、イーサンは目を丸くする。

「なにか変？」

「い、いや……ともだち……いたのか、あいつ……」

「やっぱりおまえ、ともだちじゃないのか？」

「いやいや、そうじゃねぇけど……。そーかそーかと思ってな」

よいしょとかけ声を上げてイーサンは立ち上がる。彼はなんだかやけにうれしそうに笑みを浮かべて尻についた草を払っていた。ブラッドフォードに他に友人がいることが、彼にとってはいいことのようだった。

「文通してんのは女王サマだ。だからこいつを渡す相手はもちろん女王——」

「だったらますますオイラを通してもらわないとな！」

リオは自分の胸を拳で叩いた。

「……は……？　おまえ、女王サマの、なんなの……？」

「おまえじゃなくてオイラはリオだ！」

「あぁへーへー、リオさん……なんでデスカ？」

イーサンは小さな茶色い頭をじとりと見下ろす。エリザベス二世に手紙を渡すには、ブラッドフォードの〝ともだち〟である彼を通さなければならないらしい。……こんな馬小屋の掃除をしていそうな小汚い子どもが、ブラッドフォードよりも格上には見えないが、とイーサンは摩訶不思議なものを見る顔だった。

「オイラは宮廷騎士団の勇者の中の勇者、つまり次の団長になる男だからね！」

　シン、と空気が凍る。

「……えぇ……調理場の下働きの間違いじゃねぇのか……？　大丈夫かよこの国……、そんな芋みたいな見た目で、団長って……？」

「オイラは芋じゃない！　リオだ！」

　憤慨したリオはイーサンをぽこぽこと殴って書状をふんだくる。

「ん、……へ？」

　その素早さにはイーサンも驚いた。手から書状が奪われたことにすぐには気づかず、一瞬まさか落としたかと灯火具を芝生に翳してしまう。

「うっそだろ……このオレが」

「へぇんだ、隙を見せたそっちが悪いんだい！」

　封蠟を剝がそうとしたリオの頭をイーサンがぽこんと殴った。

「封蠟の意味も知らねぇのかよ！　やっぱ宮廷騎士団の人間じゃねぇなクソガキ！」

　頭を押さえてリオは舌をべーっと出す。

「でもオイラは誰よりもお屋敷のことを知ってるよーだ！」

「ほー……そうかい。じゃあそいつを女王サマのところに持っていってくれるんだな？　大事な書状なんだ。早く渡してもらわなくちゃならねぇ。女王サマはこのお時間、ご就寝かもしれねぇよ？　それでも渡せんのかい？」

「も、もちろんさ！　寝室はこっちさ、ついてきなよ！」

リオは内庭を駆けていく。灯火具を手首に掛けたイーサンはその小さな足にゆっくりとついていった。畑らしき畝にはささやかながら野菜や果物の苗が植えられてある。

「クソガキにお似合いいなかわいらしい畑だねぇ」

「そ、それは、ブラッドフォードがつくった畑なんだ！」

「えぇあいつが……？　へー……」

イーサンはブラッドフォードの話になると声がすこしだけ柔らかくなった。

「あの大きなガラスの窓が女王様の寝室さ！」

灯火具を翳すと薄いガラスの向こうに誰かが立っているのが見えた。イーサンは目をこらす。三階建てに屋根裏部屋がありそうな屋敷はさほど大きくは感じられなかった。いまや鉄壁を誇るオリヴィア王国の頂点に住まう女王の寝室は、しかしやけに手薄だ。あのような一面のガラス窓など、石を投げ込めば割れてしまう。

「……あそこにおわすのが女王サマ、ですか」

ガラスの向こうの影はすぅっと奥の闇に溶けていった。イーサンは現女王・エリザベス二世について、慈愛に満ちた先代エリザベス一世とは似ても似つかぬ風貌と噂には聞いているが、所詮噂程度の情報だ。もしや絶世の美女なのかと期待したが、残念ながらその姿を見ることはできなかった。

「あそこにはオイラだったら入れるんだぞ」

「ほんとかよ……寝室なんだろ？」

「それがなんだってんだい」

「あ、そ……、ガキにはまだわかんねぇか……」

鼻息荒く言うリオに半信半疑だったが、イーサンは彼の足取りには嘘では通じない、自信めいたものがあると思った。

「じゃ、エルンスト諸侯同盟のお仕事はここまでってことだな。頼んだぜ、未来の宮廷騎士団長さん」

ひらりと手を振ってイーサンは踵を返す。

彼は灯火具を内庭の柵に引っかけて出て行った。

「あっ、ねぇ、ブラッドフォードたちはいつ帰って……あれ？」

リオが振り返ったときには、灯りの届く範囲にもう男の影はなかった。

テンプル城敷地内の屋敷の正門は既に閉まっていた。

二枚ある扉はそれぞれ左右の端部を軸に、中央から左右に回転する開きかたをする。十七の刻には片側が閉まり、駆け込みの商人たちが入ってくるのを受け入れる。それでも十八の刻に間に合わなかった者たちは、翌日の七の刻まで待たなければならない。

そのためテンプル城敷地内の屋敷から城下町にかけては酒場や宿屋が多い。

今宵も賑やかな宴(うたげ)が開かれていた。平和な笑い声が屋敷まで響いてくる。

まもなく来る冬を前に、最後の一杯を外で楽しむ者は多かった。

リオは見張り台の兵士が夜に慣れてぼんやりとし始める頃合いを見て、さっと厨房の裏手にまわった。隣には王宮騎士団の装備倉庫兼宿舎がある。けれど平和にすっかり慣れた内陸の警備兵たちはあくびをかみころすことに必死で、子どもが近くを通ったことにはまったく気づいていなかった。

屋敷の人間はもちろんのこと、王宮騎士団や、遠方からやってきた商人たちや農繁期の労働者の飯をまかなう厨房はやはり炉が大きい。リオが世話になっている商家にも炉はあるが、それとは比べものにならない。見上げる煙突は四本もあった。

早朝からこの石造りの炉には大量の薪が入る。そのため厨房の裏戸は、冬の期間を除いて開け放たれ、大量の薪が扉の代わりに積み重ねられているのだった。実はこの薪をどければ屋敷に侵入できるのだ。このことを知る人間は下っ端のごくわずかで、おそらく慣れが生じていくうちに扉の開け閉めが面倒くさくなったのだろう。厨房番の者たちの〝サボり〟は、夜のうちにこうして積んでおけば、翌日の早朝は怠けられる——といったところか。

リオはうぅんと引っ張って薪の束を抜いた。

そのぽっかり開いた穴に身体をねじ込む。両腕から頭、肩さえ入ってしまえばあとは簡単だった。

真っ暗な厨房はまだあたたかく、おいしそうな匂いが漂っていた。

鼻をひくひくさせてリオはひときわ大きな鍋に忍び寄った。シチューの残りだ。

いつものように木べらを掴んで、ちょいとひとすくい拝借した。あんぐりと頬いっぱいに流し込んでから、ぱっと両手で口を押さえた。

「うんー……ッ！」——リオは美味しさに身もだえる。

煮込まれた根野菜は果実のように甘い。咀嚼を必要としないほど口の中でほろほろと溶けていった。

続いてバスケットの蓋を開けると、チーズを巻いて焼いたパンがあった。

リオはこれを『ぐるぐる』と呼んでいる。滅多に出会えないご馳走だ。

勝手知ったる厨房をさかさかと這いずり回ってパン切りナイフをとってくると、薄くスライスした。あまり大きく切ってしまうと後でばれてしまう。

「へへ……っ」

ぐるぐるを両手に一枚ずつ持って、上顎で剝ぐように頰張った。右手のパンをするすると。左手のパンもすかさずたいらげると、リオの腹はぷくりと膨れ上がった。

口の端に残ったチーズのかすを舐めて、リオはバスケットの蓋をそっと閉じた。ついでにパン切りナイフは服の裾で拭き、最初からそこにあったかのようにバスケットの隙間に差し込んでおいた。

「……いっけね、こうしてる場合じゃねぇや」

リオはネズミよりも素早く走ることができた。

足先から土踏まずまですうっと滑らせるとひたひたという足音も消せる。盗みを働いているうちに自然と習得した足さばきだった。あのブラッドフォードもこの芸当だけは呆れるほど鮮やかだと褒めてくれた。シドは鼻が利くので、わたしには意味がないけどな、と言っていたことを思い出し――白狼と人間を比べるなよなぁとむっとする。

壁を伝い、リオは順調に一階の大広間を進んだ。問題はここからだった。

中央にそびえる大階段の陰からそーっと足だけ出して、蠟燭の火が揺れないように、息をころしながら身をかがめる。大階段の両側のポールには巨大な蠟燭が立っており、その灯りに影がうつったり、火が揺れたりすれば、たちまち大広間の両端に立つ兵士に見つかってしまう。

蠟燭はリオの肩ぐらいの高さだ。しゃがんでしまえばいいのだが、そうすると重心が下にいくことで滑り足では進めず、どうしても足音が立ってしまう。

（そーっと、そーっと……）

リオはごくんと生唾をのんだ。

その瞬間――みしっ、と。階段の一段目から早くも鳴ってしまった。

「ん……？」

正門側を向いていた片方の兵士が甲冑の頭を捻った。

「ツチ、チウ、チュッ」

咄嗟にポールの陰に隠れたリオは、手の甲に唇を押しつけて皮膚を吸った。

「なんだ……またネズミか。最近多いらしいな」

「まぁいまの時季だけさ。冬になったらネズミも巣ごもりする」

「あぁもう冬か」

「早いもんだな、ところでおまえさんは今年どうするんだ？」

「なにを？」

「なにをってオルデナのお袋さんのところに帰るのかって話さ」

「そうだなぁ……あの辺りは物騒だから、そろそろ街に引っ張り出さないとな」

「雪も深いしな。早めのほうがいいぞ、腰を悪くしてからじゃあ動けなくなる」

「とはいっても母さんは頑固だからな。この土地を手放したらオリヴィア王国の領土が減っちまうだろ！　って、また怒鳴るんだろうぜ。説得するのに一苦労しそうだ――」

警備兵たちの世間話に乗じてリオはさっと大階段を駆け上がった。

（……ここを抜けちまえばあとはちょろいもんだ……）

細長い二階の廊下では女中が見回っていた。

分厚いカーテンの中に潜り込み、横歩きでやり過ごした。

「へへ、余裕……っ」

またひとり。

さらにひとり。

角を曲がったところで危うく鉢合わせそうになったが、もうひとり。
「……」――女中は足を止めたが、気のせいかとすぐに立ち去った。
カーテンから鼻先だけ出してリオは（いまのはあっぷねぇ）と、ほくそ笑んだ。
屋敷をぐるりと一周回ると、三階の階段はすぐだった。
書状を腰紐にぐいと押し込んで階段を這うようにすいすいとのぼっていく。
（この屋敷ってなぜか三階は手薄なんだよなぁ）
灯台もと暗しと感じる。リオはそれでいいのだろうかと独りごちた。
消灯の時間だけに、女王の居る廊下は一層薄暗い。女中はおろか見張りすらいない。
これならばカーテンに身を隠して端を歩く必要はないとリオは思った。
（……陛下……、……きれいだったな……）
あのとき一瞬だけ視界に映った少女が脳裏をよぎった。
甘い香りがしたなぁと思った。あれは香水の匂いだったのだろうか。
細長い四肢は白くて、透けるような肌だった。
金色の髪は内庭の景色を透かしていて、瞳は空の色と一緒だった。
目の前がちかちかしたあの感覚をまた間近で感じられるのかと思うと、胸が躍った。
だが――その浮かれた意識はリオにうっかりの油断を生んでしまう。

どん、と柔らかくて大きななにかにぶつかった。「あいてっ」リオは尻餅をついてしまう。慌てて口を塞いだが、とき既に遅し。

「誰ですか」――胸と腹が大きく前に迫り出した女性がむっつりと立っていた。燭台を翳されたリオはあわわわと腰を抜かした。大木のような腕がぐんと伸びてくる。

「うわあぁっ」

胸ぐらをつかまれ、リオの足は宙でばたついた。殴られる、殺される――と、奥歯を摺り合わせてリオは目をぎゅっと閉じた。

「……待てナタリー」

扉が薄く開けられた。イブニングドレス姿の見目麗しい少女が半身を出す。

「彼の者は妾が呼んだ」

(へっ……、陛下だ……ッ!)

リオは驚きのあまり口から心臓が飛び出そうになって両手で口を覆った。

「ですが陛下。この者は子どものようですが男――」

「心配ならばそなたはそこにおれ。すぐに用は済ます。……さぁ中に入れ」

きぃ、と木の扉の蝶番が鳴った。

淡い灯の光が満たされた室内にリオは招かれた。

「ぅわ、っあ！　す……、すっ、すー……げえぇ……ッ！」

天井までびっしりと隙間無く、本という本で埋め尽くされている部屋だった。

文字の読めないリオには背表紙になんと印字されているのかはわからないが、きっと人生を二周しても理解できないことが書かれているのだろうと思った。

長梯子が四本掛けられた、本、本、本でいっぱいの壁である。四方から本が迫ってくるようだった。

（でもなんか……）

リオはなぜか息苦しさを覚えた。

窓がないせいか、部屋はかび臭い。床にも本が横倒しに積み上がっており、そこかしこで傾れが発生している。綴じ糸から外れた頁がざらざらと散って足の踏み場すら無くしていた。普段からたくさんの人と触れ合うことで生活しているリオにとっては、ここはあたたかみがなく、孤独でさみしい場所にも感じられた。

「居心地が悪いであろう？」

落ち着き無くきょろきょろしていたリオは、女王のひと声で我に返る。

「え、い、いえ……そんな……」

一対一になると急に恥ずかしくなった。

どんな気持ちで女王と向き合えばいいのかわからない。泥と煤にまみれた穴だらけの自分の服がこの場に似つかわしくなく思えて、リオは俯きながら裾を引っ張った。

いざとなると、あんなに憧れて反芻した少女の姿を直視することができなかった。

心臓はばくばくと高鳴り、意識すればするほど、この音が聞こえやしないかと心配になった。

「そう緊張するな。そなたと妾の年は近い」

「……そ、そう……ですが……、あの、……」

「なんだ」——振り返られてほのかに甘い香りがした。

「い、い……ぃぇ……」

リオの視線は下がっていくいっぽうだった。

ブラッドフォードが傍にいないから、女王に対し庶民はどう受け答えをするのが正解なのか教えてもらえない。焦る気持ちと、その気になれば触れてしまえる距離にいるという現実に、リオの頭の中はどんどんあのパンのようにぐるぐるになっていく。

「先ほどそなたが誰かとやりとりしているのを見た」

「あっ……は、はい……！」

「あれは誰ぞ」

「えっと、えっと」

「落ち着け。ゆっくりでよい」

「はい、あ……、はい……、えぇっと」

リオは両手でぎゅうぎゅうと裾を引っ張る。

「そんなに服を引っ張るな、ちぎれるぞ」

深呼吸をひとつして、ちらりとだけ視線を上げれば、女王はリオに背を向けていた。

「エルンスト諸侯同盟の……、えっと、……ブラッドフォードのともだちで、イーサンっていってたと……思います……たぶん……。あ、文通、とか、してたって……」

崩れた本に囲まれた小さな木机の上から、彼女は銀に光るペーパーナイフを取った。

「そうか、ご苦労。その腰に差した書状が用件であろう？」

はっとしてリオは腰紐を解いた。すると下穿き（したばき）がすとんと落ちてしまい、わあぁと慌てて引き上げた。その反動でくしゃくしゃになった書状がすーっと女王の足下まで飛んでいった。そのこともまたリオを慌てさせた。「あっ、あっ」前のめりに倒れた勢いのまま本の山に顔から突っ込んだ。

「ふ……、落ち着けと言っておろうが」

「……へ……？」

リオは頭に載った本をとさとさと落として女王を見上げた。

（いま、ちょっとだけ、笑った……？）

神々しいまでの美しい瞳は、けれど決して笑ってはいなかった。既にその目には書状の封蠟が映っていたからだ。

ペーパーナイフで切って開けられたそれからは上質なインクと、なぜか香ばしい匂いがした。

「あっ……」

広げられた羊皮紙には、ぽつぽつと穴が開いている。女王の素足の甲に、わずかに灰が落ちた。焼け焦げている――……。もしや大広間を抜けるときに蠟燭の火がかすって大切な書状を焼いてしまったかとリオは激しく狼狽えた。

「オイラ、でもっ、ちゃんと……！」

「心配するな。そなたはしっかりと責務を果たした。そんなことよりも早う下を穿け。表にいるナタリー……妾の乳母が、燭台でそなたを滅多打ちにせぬうちにな」

「は、……はい」――リオはもたもたと腰紐を結ぶ。

（さすが陛下だ……落ち着いてるなぁ……）

女王は目を細め、囁くように「やはりな」と呟いた。

すぐに書状は机上に置かれる。

「エルンスト諸侯同盟の従者は馬で来ていたか？」

「え？　や……オイラは、厩にいたけど、……特になにも……」

「白狼（シド）はどうした」

「あれ？　そういえば、どこにも……」

ふぅと小さなため息が漏れ聞こえた。なにか無礼を働いたかとリオは肩を縮こめる。

（……沈黙が……落ち着かないよぅ……）

女王はあらぬところに視線をやって腕を組んだ。

「そなたはなぜ王宮騎士（テンプルナイト）になりたいのだ？」

「えっ」

唐突な自身への問いかけにリオは驚いて姿勢を正した。

ようやく治まりかけていた羞（は）じらいがまた増してきて、顔がかぁっと熱くなる。

（な、な、なんで知られてんだ……？）

あの日のブラッドフォードとの会話が女王に届いていたのか。それともブラッドフォードが話したのだろうか。いや、まさか無口な彼がそんな余計な世話を焼くはずがない。となればあのとき威張って喚（わめ）いていたことを、女王が聞いて覚えていたのだ。

（なんで……王宮騎士になりたいのかって――）

のたれ死んでいたかもしれないドブネズミみたいだった幼少期。

腹が減って店の物をくすねて貪（むさぼ）った。見つかって顔が腫（は）れ上がるまで殴られた。

いまは、あの頃に比べたら随分マシな生活を送っている。

泥水をすすっていたあの頃には、思いもしなかった夢をリオは抱いているのだ。

「答えよ、なぜだ？」

「……え、っと……」

リオは震える唇を開きかけて、一度噛んだ。

甲冑がかっこいいからとか、お給金をいっぱいもらえるからとか、おいしいご飯をたらふく食べられるからとか、付帯する待遇への憧れはもちろんないわけじゃない。

（でも最初はそうじゃなかったはずだ）

「オイラの父ちゃんと母ちゃんは、知らないうちに戦争で死んじまって……盗人（ぬすっと）とか、いろいろ悪いことして、なんとか生きてたんです……」

「……そうか」

女王は辛抱強くリオの言葉を聞いている。

違うな、そうじゃない。リオはおろおろと次の言葉を探した。

「あ、でっ、でも、いまはオイラ……幸せです。このお城に盗みに入ったとき、ブラッドフォードが、助けてくれて……拾ってくれた、っていうか……」

(ブラッドフォードは「陛下に感謝しろ」って言って、オイラを助けてくれた)

彼にくっついているうちに、内庭で白狼と出会った。

(そうだ……オイラは、ふたりを見てたんだ)

リオは俯きながら服の裾をつまむ手を、ぎゅっと拳に変えた。

「ブラッドフォードと、シドが、なんで女王の番犬って呼ばれて、城にいるのかは聞いたこともないし、たぶん聞いてもオイラには難しくてよくわかんないと思います……」

ふたりは言葉と、働くことと、渋々ながら剣を教えてくれた。

(オイラにとってはそれは当たり前じゃなかった)

彼らを見て、この城で、――……自分もそうなりたいと思ったからじゃないのか。

「オイラみたいな孤児の元盗人が、その辺で死ななくて、お城であいつらと……ちっさな畑を耕して、たまにうまいものを食わせてもらえて……そういう、ちっさい幸せは、きっと当たり前じゃないと思うから……です」

それもこれもぜんぶ——。頭ではわからなくても、肌で感じている。

「オイラと、あいつらに、……ちっさい幸せをいっぱいくださっているのは陛下です。だから陛下を、オイラも守りたいんです。あいつらみたいに……」

いま目の前にいる女王・エリザベス二世がオリヴィア王国を戦乱から遠ざけ、平和な国にしてくれていると感じているからだ。

「こういう言い方しちゃあいけないのはわかってるけど……でも、陛下だって、オイラとおんなじひとりの人間だ。年だけで考えたらまだ子ども、です。ご公務ですっごくつらいときだってあるだろうし、怖い思いをするときだってあるだろうし……オイラたちばっかり幸せじゃだめっていうか……守らなきゃいけないっていうか……」

なに言いたいんだっけ、とリオは顔をくしゃくしゃにした。

「だから——」

「わかった、もうよい」

女王は嘆息を混じらせて言葉を遮った。

リオは本心を話したつもりだった。もちろん模範解答だとは思わない。子どもの戯言だと失望させてしまっただろうか。リオは視線を上げられないまま愕然とした。

（……あ……オイラ、やっちまった……？）

横を素通りされる。

鼻をくすぐるような香りは、リオの目を涙でにじませた。

（うまく答えられなかった……ごめん、シド、ブラッドフォード……）

女王自らの手で扉が開けられ、蝶番が鳴る。

「ナタリー」

「いかがいたしましたか」

外で待機していた乳母が首を捻った。

「急ぎ、王宮騎士団の宿舎から剣を持って参れ。なるべく短くて軽いものだ」

「な、なにに使うおつもりですか？」

「この者を妾の騎士と認める」

（……え……？）

いま、なんて。リオは耳を疑った。

扉は再び閉められた。

「そなたの名はリオ、といったな」

「は、……はい……」

リオがおずおずと顔を上げると、女王・エリザベス二世の凛とした表情に圧された。

「ではリオに命ずる。王宮騎士(テンプルナイト)になりたければその手に剣を持て。妾を守ってみせよ」

ブラッドフォードはレイとともにオルデナ山林を北から迂回して国境を越えた。険しい山道であったが、幼い少女兵・レイは必死についてきていた。

互いに外套とマントを交換しており、濡れていたマントの布地はすっかり乾いてブラッドフォードの身体を覆っている。

「ここで一旦止まるぞ」

太い木の枝を摑んでブラッドフォードは茂みから身を乗り出す。

この急勾配を下れば帝都ヴァルファーレンだ。およそオリヴィア王国のテンプル城よりひとまわりは広いであろう城が望めた。城壁の上には弓兵隊がまばらに控えている。

「北が手薄、東は、弓で撃ち落とされる」

レイがブラッドフォードの脇から顔を見せた。目下をすいすいっと指さし、たどたどしい言葉で敵兵の配置を教えてくれた。

「意外と兵数はすくないな」

「冬が近い。攻めあぐねてる。南に平地、あと海がある。そこに集まってるの」

「なるほどな……」

やはりヴァルファーレン皇国は愚かではない。冬のオルデナ山林で遭難し自滅するのは避けて、戦力を南のファルエフィナ駐屯地に集めているのだろう。いっぽう奴隷兵士たちを使って無茶な攻勢に出てくるエルンスト諸侯同盟を撃ち落とすために、東側に弓兵を多く配置しているといったところか。

オリヴィア王国はオルデナ山林から南西のバルエルゲ海まで、エリザベス二世の代になってから長い国境壁を建てた。かつてこの二国は、海兵隊を含めて激戦を繰り広げていたが、それもオリヴィア王国側が守勢の構えになってからは穏やかなものだった。ヴァルファーレン皇国の大半が平野であることも関係している。山林や森は奇襲をかけやすいが、平地は見通しがよい反面、兵の動きが比較的容易に相手方に悟られる。

統率のとれていないエルンスト諸侯同盟の奴隷兵士はどう攻めでてくるかわからない恐ろしさはあるが、本来、国同士の戦とは兵力数と戦略のぶつかり合いだ。

ヴァルファーレン皇国の主力部隊は、オリヴィア王国との交戦に備えられている。

いっぽうオリヴィア王国側も王宮騎士団の一線級の猛者を北方から南方の国境線に沿うように配置し、どちらかが旗を振りかざせばすぐにでも激突する緊迫状態が続いている——これが、ここ五年の現状だ。

三連国を巡った戦争は実質、ヴァルファーレン皇国とオリヴィア王国の戦といっても過言ではない。エルンスト諸侯同盟はうるさい蠅ぐらいの扱いだろう。

「あなた……ひとりで、いける？」

レイはちらりとブラッドフォードを見上げる。

こんな幼い子どもに心配されるほど不安そうな顔をしていただろうかと、ブラッドフォードは片眉を下げた。

「俺を見くびってもらっちゃ困る」

「わかる……あなたはきっと強い。でもあなたには、帰る場所がある。守るものがある人は命を賭けられないから弱いの……」

柔らかい髪をあやすように撫でてやると、レイはきゅっと目を閉じた。

「それは違う。守るべきものがあるから命を賭けられるやつもいる。いまはわからないかもしれないが、おまえも生き続けていけばわかるときがくるさ」

レイは頭に乗っている大きな指に触れてきた。

「わたしには……これから先を生きる理由がない」

「なら俺と約束してくれ」

「約束？」

「俺とまたどこかで会う約束だ」

はっと振り返った少女はブラッドフォードの指を握る。

「っ、うん、わかった……その約束のために、わたしは生きる」

「あぁ、生きろ」

「あなたも生きて。いつかまた、会いましょう」

少女は屈んで革靴の紐を結び直し、刃こぼれの激しい剣を両手でしっかりと握った。

「兄弟、わたしは忘れない。目に傷のある……あなた」

フードを深くかぶり、背丈がすっぽり埋まる大きな外套を翻す。

レイはまるで大鷲のように飛び上がった。外套が羽になってふわりと降っていく。

少女は猛々しく咆吼し、光の粒に向かって剣を振り上げた――。

「……ありがとう、兄弟。また会おう」

矢の海に晒されるレイを尻目に、ブラッドフォードは振り返ることなく北へと走った。

第十七代皇帝ネールガルデは、白狼の毛皮で覆われた椅子に沈み込んだ。

(エリザベス二世……、平和、平等などと書状に並べおって……気に食わん女だ)

ヴァルファーレン皇国はいつからこのような弱い国になってしまったのか。

民族、言語、信ずる宗教と思想、衣食住の文化も文明も変わらない。……けれども国はひとつではない。それらをかつてひとつの大国として統一していたのはヴァルファーレン皇国ではなかったのか。亡き父・アラヴィスが、オリヴィア王国の独立を認めた理由を未だ飲み込めない。この考えは幼少期からずっとであった。

綴られている歴史によると昔は東のズワナ大河までが皇帝の統治下であったという。

そこから山脈を隔てて南へ下るエナ川より東は、イーストサイド地方自治区と記録にはあり、ヴァルファーレン皇国の一部であった。すなわち三連国は昔、西部をウエストエリア地方・中央をセントラル地方・東端をイーストサイド地方、という呼び名であって、ひとつの〝ヴァルファーレン皇国〟だったのだ。老齢の者が未だにそう呼ぶのを聞くのはひとつの国であった頃の名残なのだろう。

亡き父・アラヴィスの代で地図は大きく変わった。

まずはじめにイーストサイド地方自治区がエルンスト諸侯同盟となった。それについてはもとより土地を所有する領主たちによる〝自治区〟としていたため、下手に帝都の政治を持ち込んで領民の反発が起こることを懸念したと考えれば、百歩譲って独立は納得がいく。

しかしオリヴィア王国はどうか。独立することに確固たる理由はあったのか。

ネールガルデが教育係から教わった歴史の講義でも、その質問は答えを濁された。

保管庫にある書状を探っても交渉のやりとりは残されていない。

大きな戦の果てに国土を切り分けることになったのではなく、亡き父・アラヴィスが、突如エリザベス一世という女に、君主の証である鏡を渡した。それに関する礼状のやりとりはある。だがなぜ国を分けた――、とネールガルデはずっとくすぶってきた。

(やはりオリヴィア王国など、わたしは認めぬ。……あれは本来わたしの土地だ)

アラヴィスは民に愛されていた慈愛の皇帝であった。穏やかで、争いを好まず、生涯ひとりの正妻で満足する男であった。その背景すらネールガルデは気に食わなかった。

だからネールガルデは十八になったときに父に問うた。

皇帝とは、独立を〝許してやった〟に過ぎない絶対君主ではないのかと。生まれながらに、人の上に立ち、人を従え、人を養い、人を裁く者なのだ。

誰もが持って生まれる才ではない。神に選ばれたからこそ〝皇帝の嫡子〟なのではないか——と、アラヴィスの唯一の子にして、唯一の皇子・ネールガルデは父に告げた。

「お加減はいかがですか」

右足を紫の髪の女が、左足を赤茶けた髪の女が、薄手の衣装を身に纏い、花の香油でネールガルデの素足の指を撫でている。その手つきは赤子の指を慈しむようだった。

「……なぜいまわたしに声をかけた」

紫の髪の女が、はっと息を詰めた。

「も、申し訳ございません……っ」

手を止めて顔を上げた女は、恐怖に顔を引きつらせた。

「貴様はわたしの思考の邪魔をした」

ネールガルデは肘置きに頬杖をつきながら、目玉だけ動かし、女をぎろりと睨みつける。目をつけられたわけでもない赤茶けた髪の女までも恐怖に震え始めた。

「女ごときが、わたしの思考の邪魔をしたと言っておるのだ」

「申し訳ございません！」

紫の髪の女は香油で濡れた手のまま、紅色の床に額を擦り付けた。

「おい貴様――」

血走った双眸はぎょろりと反対側の女に向いた。

ひっと肩を跳ねさせ、彼女もまた素早く低頭する。

「その油まみれの指を拭いてこやつの指を切り落とせ」

ネールガルデは腰の短剣を抜いた。気怠げに、赤茶けた髪の女の手元に投げる。

「絨毯が香油で汚れた。その血で染め直せ」

「っ……、へ、陛下、そ、そのような……」

女たちは美しい顔を歪ませて歯を擦り鳴らす。

「命だけは残してやると言っておるのだ。やらねば貴様の指をはねるか？」

「どうかご慈悲を……ッ！」――紫の髪の女は泣き叫んだ。

「うるさい。早くしろ。……あぁふたりぶんでもかまわん。血は多いほうがいい」

ネールガルデはすっと右手を挙げて兵士らを手招いた。広い室内の扉の左右に控えていた甲冑兵が揃って近づいてきた。

獅子の刺繍が施されたマントから腕が出て、剣が抜かれる。女たちはそれに気づいて激しく泣きじゃくった。

「あ、あ……あ、あぁ……」

「どうか、どうか、どうか……ご慈悲を……っ」

重苦しい息を吐いたネールガルデは、今宵もまた〝エリザベス〟という女のせいで、この胸は癒やされないと思った。

(わたしが聞きたいのはこんな女の悲鳴ではない)

目に映る光景はぼんやりとしている。

女たちを押さえつけて剣を構える兵士ふたりと、命乞いをする女がふたり。

毎夜、似たような光景と、似たような血の臭いを嗅ぐけれども、満たされない心はやはり――もっと多くの血を欲している。皇帝という名に恥じない大きな支配だ。

それを前に屈服する〝女〟の姿を想像し、ネールガルデは目を閉じた。

父・アラヴィスをこの手にかけたときに聞いた言葉が脳裏をよぎる。


「よく聞け息子よ。エリザベス一世は、わたしの――……」


思い出すたびに耳の奥がざらつく。

「気が変わった」

ぱちんと指を鳴らせば女たちは暴れだし、絶叫した。

「首をはねろ」

悲鳴が轟く中、許可もなく扉が開かれた。

何事かと兵士らが狂刃を止めると同時に、ネールガルデも頬杖をついたまま薄く瞼を持ち上げる。

「賊が侵入しました」

獅子の刺繍のマントを羽織った兵士だった。甲冑を纏っていないことから察するに、最前線の遊軍か弓兵隊のうちの軽歩兵のひとりだろう。

「貴様どこの家の者だ、無礼だぞ！」

兵士のひとりが彼に向かって唾を吐き散らした。

「名乗れ！　家柄によっては死罪だ！」

生まれた家により最初から身分階級の決まっているヴァルファーレン皇国において、甲冑を持たない、たかが一歩兵は平民上がりだ。この皇宮に上がることも許されない。ましてや皇帝の私室に許可も取らずに入室するなど死罪に等しい。一族断絶すらありえる重罪だった。

「早急にお伝えしなければなりませんので」

しかし男は肩に担いだ剣を降ろしながら、ずかずかと土足で歩み寄ってきた。

「おい貴様ッ、なにをしている！」

ひどく汚れた獅子のマントだった。手足は泥まみれで、黒い髪と顔は、炎下を抜けてきたかのように煤まみれだ。

「その女たちの処断は俺が……」

「止まれ、貴様！　名乗れ！」

兵士らの剣先はすぐにその歩兵へと向いた。

「止まらねば斬るぞ！」――甲冑の兵士らは警告のままに構える。

（……うん……？）

ネールガルデはみるみる目を開き、その男の肩から降ろされた剣の柄を注視した。

（あの剣は……）

彼が握っている柄の装飾――瞳に赤い宝石を光らせ、獅子が舞う。曇りなき白刃には彼らの姿が映る。

「そうか……いまの女王（エリザベス）は〝飼っている〟と聞いたな」

ネールガルデの頬杖から顎が離れた。

果敢に飛びかかった兵士たちの腕は、宙で止まった。と、直後――……。

彼らの武具は的に当たることなく砕け散った。

「なっ……！」

侵入者の足が兵士らの首に叩き込まれ、彼らは左右の壁まで蹴り飛ばされる。

女らは目の前の一瞬の出来事に、事態を把握しきれなかった。しかし赤茶けた髪の女が先に気づき、我先にと逃げ出した。続いて紫の髪の女も怪しい歩兵には目もくれず、その後を追っていった。

「賊は、番犬（イヌ）か」

皇帝はにぃと歯を見せて笑った。

「ヴァルファーレン皇国の君主の証・獅子王の聖剣をお返しに参りました、オリヴィア王国のブラッドフォードと申します。それから――」

彼は目映い剣をゆっくりと下ろす。

「エリザベスの鏡を、主人のもとに持ち帰るために参りました」

ブラッドフォードは玉座の男を睨む。

(なんとしても……エリザベスの鏡の所在を吐かせる)

第十七代皇帝ネールガルデは豊かな髭をたくわえた大柄の男であった。

彼は齢十八にして父をその手に掛け、圧倒的支配をもって皇帝の座についた。

皇位継承権が直系の長子にある点においてはオリヴィア王国とおなじだが、ヴァルファーレン皇国は男子に限るとされている。それは君主の証である獅子王の聖剣を持てぬ非力な女子では皇帝を名乗ることはできないからだと伝えられている。

そのため第十五代皇帝までの血筋は謀略と暗殺の連続であった。生まれたばかりの長子に毒を飲ませて殺す乳母。剣の稽古と称して心臓を貫く指南者。皇帝の地位を巡る覇権争いは果てしなく、わけもわからぬまま大人たちにたぶらかされて幼い兄弟同士で殺し合うこともあった。

代々の皇帝には多くの女があてがわれ、よりたくさんの皇帝候補を産ませた。皇族がそうであったためヴァルファーレン皇国は一夫多妻制であり、男尊女卑も当たり前のことして長きにわたり人々に受け入れられてきた。都市部であればあるほど傾向は顕著だった。しかし地方になれば人々は貧しく、女も働き手のひとりであるため、当時の東端と中央は一夫一妻制に自然と移行されていった……。

そんな血濡れた骨肉の争いを危惧したか否か、第十六代皇帝アラヴィスは妻をひとりしか娶らなかった。長子のネールガルデが産まれると寝室も妻と別にしたそうだ。

第十七代皇帝の座につくのはネールガルデより他になく、なぜ彼が父を殺したのか、早く即位しなければならない理由があったのか、真実は闇の中だった。

「我が君主の証、獅子王の聖剣は〝盗難〟に遭っておった」

「盗難……？　あなたの命令で持ち出されたのではなく？」

ブラッドフォードは獅子王の聖剣を握ったままだった。武器を持たぬネールガルデは命の危険すらある状況だというのに、白狼の皮椅子にゆったりと腰掛けたまま、余裕の笑みを浮かべている。

（なぜだ……？）

見たところ彼の近くに鏡らしきものはない。

（どこかに隠しているのか）

ブラッドフォードは切り出す尋問を捻り出す。

「エルンスト諸侯同盟の盟主・ゲオルグ＝オズワン領主がこの剣で殺されていました」

「なんと、そうなのか！　恐ろしい……」

　ネールガルデは両手を広げてくつくつと喉を鳴らした。

「ご存じではないのですか？」

「どこぞの賊がやったことだろう。わたしの与り知らぬところの出来事だ」

「エルンスト諸侯同盟の盟主がこの剣で亡くなったというのに動揺はされないのですね。ヴァルファーレン皇国の手の者が殺したと疑われてもおかしくないのに」

「つまりわたしはその嫌疑をかけられているとでも言いたいのか？　それはエルンスト諸侯同盟の総意か？　だとするならば証拠を見せていただかない限りはなぁ」

（意外と頭がまわる男だ……）

　ブラッドフォードは逡巡し質問を変える。

「……この剣が盗難に遭ったと気づかれたのはいつですか」

「さぁてどうであったかな。なにゆえ人を斬っても斬っても輝きを失わない聖剣であるからな、普段使いの剣ならばいざ知らず。気がついたらなくなっていた。いつ、とは、はっきりとは言えぬ。……では逆に訊こうか。盟主が殺されたのはいつなのだ？」

「おそらくは一昨日かと」

「ならばそれよりも前だろう」

「前、とは？」

ふんと鼻で笑ったネールガルデは暢気に足を組んだ。

「なぜ獅子王の聖剣が持ち出されたと断定できるのだ。エルンスト諸侯同盟の何者かが持ち去って、盟主を殺害し、我が国に罪をなすりつけようとしたとは考えられないか？奴隷を飼ってぶつけてくる蛮族のような考えを持つあの国らしい汚いやり口かもしれんぞ。盟主交代を狙った内乱の可能性はないのか？」

ブラッドフォードは内心舌打ちする。

「いいえ、エルンスト諸侯同盟には盟主を殺してまですぐに盟主交代をしなければならない理由はありません。そもそも議会ですべてが決定される連合国です。賛成多数を得られなければ盟主になることはできない。内乱を起こすのであればあの国の議会制民主主義を屈服させるだけの兵力が必要ですが、そんな体力のある領主は、ズワナ大河という豊富な水源を領地に持つ、殺されたゲオルグ＝オズワン領主ぐらいでした」

「まぁ……貴様の言うとおりだ」

ネールガルデは不敵に笑みながらも、エルンスト諸侯同盟の内乱説はありえないことを認めた。

「ところでエルンスト諸侯同盟の十二色の宝玉はちゃんとあったのかな？」

「……ありました」

「あった……？　ほぅ？」

「じきに新しい盟主が決まることでしょう」

十二色の宝玉がオリヴィア王国にあったことは伏せることにした。ややこしい話になる。ブラッドフォードの目的は、エリザベスの鏡と獅子王の聖剣の交換だ。

「わざわざ口頭での報告ご苦労。では、獅子王の聖剣を置いて帰り給え」

ブラッドフォードは今度こそ舌打ちした。

「俺は……これはあなたの仕組んだことだと思っています。獅子王の聖剣をオリヴィア王国の者の手でここへ運ばせるために。そうしなければ互いに困ることがあったのではないのですか？」

「困ることとはなんだ？」

（簡単には答えないか）

エリザベスの鏡の所在が明らかではない以上、ブラッドフォードも強気には出られなかった。奥の手と思って言わずにいたが致し方ない。

「オルデナ山林に雪が降る日、三連国は停戦条約締結に向けた会談をする予定ですね」

さすがのネールガルデも笑みをおさめてぴくりと太い片眉を動かした。

「その場で君主の証を出せなければ、あなたは会談に出席できないはずです」

「皇帝であると証明できないからか？」

「そうです」

「くく、それは困るな」

「困った口調ではありませんね？」

「ほう？　というと？」

「もしや獅子王の聖剣は戻ってこなくてもよかったのではないですか」

「…………」──ネールガルデの口が曲がった。

「あなたは会談そのものを阻止したかったのでしょう」

「なにが言いたい」

皇帝の顔は獅子のように険しくなっていく。

「いくつかの可能性をすべて潰すために、あなたはエリザベスの鏡を盗むよう命を出し、獅子王の聖剣でエルンスト諸侯同盟の盟主を殺害させ、十二色の宝玉を奪ってオリヴィア王国に隠した。そうすることで最悪、会談が開かれても三連国で出席できるのは──」

「エリザベス二世以外、だな」──不気味な笑いが喉奥で震えている。

女たちが逃げ出したことで異状が伝わったのか、陛下が騒がしくなってきた。

（くそ……レイだけじゃあ引きつけられなかったか……）

ブラッドフォードが背後に気を取られた瞬間、ネールガルデは膝を叩いて大声で笑った。

「惜しかったな番犬（イヌ）。貴様はばか正直に獅子王の聖剣を持ってきてしまったのだ！」

ばたばたと大勢の兵士たちが近づいてくる。

「なるほど、エリザベスの鏡だけが見つかっておらぬのか！　これは愉快だ！」

その足音は四方八方からで、非常に統率のとれた動きなのが気配でわかった。

「会談に出席できぬのは女王（エリザベス）だけというわけか！　停戦を提案してきた張本人が出席できないとなると戦はどうなる、止まらんなぁ！　わたしは一向にかまわないがな、南方のファルエフィナ駐屯地の騎兵団はいつでも出撃の準備は整っているぞ！」

（やっぱりこうなったか……！）

ブラッドフォードは獅子王の聖剣を手に前方へと駆け出した。

「エリザベスの鏡はどこだ！」

「ふはははッそんなものはここにはない！」

背後から無数の兵士が飛び込んでくる。

この白刃が皇帝の喉を裂くのが先か。背中が鋼で貫かれるのが先か――……。

ブラッドフォードは女王の言葉を思い出しながら柄を握る手に力を込めた。


「母上と妾の考えは違うことはそなたも理解しておるだろう」

（……あの方の考えはふざけている）

「愚かな領土争いにはどこかで線を引かねばならぬ」

（大地に線なんて引けるものか）

「攻め合い、殺し合って国力を削り、苦しむのは民のみぞ」

（戦うのは俺たちだ。死ぬのも俺たちだ。苦しめられるのも俺たちだ）

「たとえ勝てても失う命は必ずあるのだ」

（なにを今更……そんなの、アンタらが知ってて当たり前だろ）

「これは我が国だけの問題ではない」

（自分の国のことだけ考えてろよ）

「妾たち君主が膝をつきあわせて根底から話し合わねばならぬのだ」

（……、……ガキのくせに、生意気言うんじゃねぇ……！）

国のために死ぬと決めた彼女は、ブラッドフォードが救いたかった罪なき命たち——背負っているものもすべて、あの小さな腕で持っていってくれると約束し、いまもそれを貫いている。

(俺はあのとき死んだ、シャルロット王女もおなじだ)

ならば自分も彼女との約束を守らなければならない。

彼女を女王にするという約束だ。

「っ、なに……!」

ブラッドフォードは獅子王の聖剣を皇帝の眼前で、床に突き刺した。

「もう誰も殺さない、俺も……もう、死なない」

振り返って腰の剣を引き抜いた。

軽い。この背にはもう、ヴァイス＝ライモンドが背負っていた重りはない。

振るうのはオリヴィア王家の紋様が刻まれた剣だからだろうか。

この城の隅から隅まで、見つかるまで、エリザベスの鏡を捜してやる、と——ブラッドフォードは歯を食いしばって剣を振りかぶった。

第三章

エリザベスの鏡

オリヴィア王国領オルデナ国境壁では警備隊ごとに夜警のために長い薪を組み、乾いた枝を中心に集めて火を焚いていた。天まで届きそうな炎がごうごうと上がっている。

警備にあたる者は三人でひと組になり、そのうちのひとりが松明を持って持ち場を廻った。

昼に警備をしていた者はテントで休むか各々食事を取っている。

エリザベス二世が即位してからヴァルファーレン皇国の兵士との明確な衝突はなかったものの、やはり勘違いから生まれる小競り合いに近い戦闘はある。とはいえ今年は、それすらもなかった。

「……平和って退屈だよな」

昨年の春に王宮騎士団の試験に合格した二十歳のアベルは、自警団で五年間従事した。城下町で立ちっぱなしの仕事に嫌気がさし、サボり癖を叱咤されながら剣の修業を積んだ。二回落ちたが、三度目の正直でようやく合格できた。ところが就かされた先は誰もが憧れる女王の住まう屋敷ではなく、まさかの野戦場——最前線であった。

「王宮騎士団に入ってまでこいつを食うと思わなかったよ」

火で炙った塩漬けの魚に腹部からがぶりと食らいついた。不幸中の幸いで卵持ちだ。

「あー……あったかいシチューが食いたいなぁ」

「うるさいぞアベル。贅沢言うんじゃない」

彼の隣に座り、焦げた木の実を枝でたぐり寄せるのは同期でひとつ年下のカインだ。

彼は硬い殻を石で叩き割って、中の蒸された果肉を口に放り込んだ。お互い実家も年齢も近く、彼も二回試験に落ちて三回目に合格したという暗黒の歴史持ちだからか、つるむことが多い。そんなに仲がいいのならば一緒に行くか、などと上官から誤解をされてカインは最前線にとばされたが、その実はサボり癖のあるアベルの監視役なのであった。

「おまえはいいよ、冬には帰れる」

「もしかしておまえは居残り組か？」

ざまぁみろとアベルは肩を揺らす。

「そーだよ……」

カインはまったく仲間思いじゃない同期に深いため息を聞かせた。

「三人組のうちひとりは残らなきゃならない。おまえが残ったら周りが迷惑だ。ジェイガン隊長に冬越しを任せるわけにはいかないし、俺が残るしかないだろ」

「任せりゃいいじゃん。隊長は冬越し慣れっこだろ」

「なに言ってんだ、隊長が聞いてたら……」

尾頭付きの骨だけにしてアベルはそれを炎に投げた。

「そうだな、わたしでもかまわんよ」

白髪の老兵がふたりの間から顔を見せた。アベルは驚いてぶっと噴き出した。

ジェイガンは御年六十の老兵だ。五十歳が限界と言われている王宮騎士団の団長を五十五歳まで勤めあげ、一旦退役したものの、戦争を知らない若者を鍛え上げたいという名目で一兵士として再び戦場に戻った。

しわだらけの青い目は優しく笑んでいた。

「冬越しの連中は雪かきもしなければならないからな。今年でさすがに最後かもしれんから、まぁ記念にでも勤めてみようか。……隣、よいかね？」

怯みながらもアベルはこくこくと頷いた。剣をベルトから外してジェイガンはよっこいしょと重い腰を落ち着かせる。その手にあるのは火で温められた葡萄酒の杯だけだった。

「なにかお召し上がりになりませんか？」

カインは木の実を布袋から出そうとして「かまわん」と断られる。

「いい夜だと思わんか？」――ジェイガンは葡萄酒をすする。

「え、あ、はい……」――アベルは適当な相づちを打った。

「とても静かで月がよく見える。いい夜だ」

若い兵士ふたりは気まずそうに目配せした。

互いに――あの噂は本当なのかな、という顔だった。

まことしやかに囁かれる、彼の禁断の恋の噂だ。ジェイガンの若い頃を知る現役兵はとてもすくない。彼の戦友のほとんどが戦場で散り、生き残った僅かな者も年老いて退役し病死している。だからあの噂にはもしや尾ひれがついているのかもしれない。

いまでこそ髪は真っ白だが、若い頃の豊かな髪は金色であったという。

馬を駆り、槍を振るえば百人はなぎ倒したとも語られる生きた伝説だ。その伝説がまさに本当であるかのように、彼の顔には大小無数の傷跡が見える。

「エリザベス一世の頃は」

と、彼が言いかけたところでふたりは同時にぎくんと跳ねた。

老兵は杯に口をつけたまま、きょとんと目を瞬かせる。

「……どうした？」

「な、なんでも」「ありません」

ふたりは意味もなく小枝を拾っては炎にくべる。

エリザベス一世の娘、第一王女アイラの父である勇者は戦地で他界している。ところがその勇者が他界したのは十五年前だと伝えられており、現エリザベス二世である第二王女シャルロットはいったい誰の子なのかと当時疑われたそうだ。しかも母親に似ておらず、金髪碧眼でこの世に生を受けたらしい。エリザベス一世は床をともにした勇者たちについてはなにも言い残していないが、逆算すれば当時宮廷騎士団長であり誰もが認める勇者そのものであったジェイガンは、四十五歳だった……ということになる。

無理ではない。だが彼は、なぜか自分こそ女王に選ばれし勇者などとは振る舞っていなかった。常に腰が低く、お陰で噂には信憑性がない。

「……威張ってほしいよな……そしたらもうちっと居心地よくなるのに。なんで不貞をはたらいたかもしれないお方と三人組なんだよ……」

アベルがひそりとカインに耳打ちする。

「聞こえるぞ、ばか……！」

肘打ちを脇腹に食らってアベルは顔をしかめた。

「いつの時代も若者は噂話が好きだな」

ジェイガンはふふっと笑って葡萄酒をすする。

「好きに言いなさい。どうせ誰も証明などできんのだから」

「そんじゃあ訊きたいんですけど本当に先代女王と寝――」「アベルッ！」

今度は肘打ちどころでは済まされなかったので、カインは拳を腹にたたき込んだ。

「や……あの、お気を悪くなさらないでください。俺たちが勝手に想像しているだけで、子どもの悪さといいますか、暇だから適当なことを言っているといいますか……」

すかさずカインが言い繕うものの、老兵はただくすくす笑うだけだった。

「……ん？」

急にジェイガンの表情が硬くなった。地面に杯をこつんと置いて剣を握り立ち上がる。

「ど、どうされました？」

「血の臭いだ」

「え、っ……ちょ、隊長！」

とても老兵とは思えない速さで走り出したので、カインは慌てて松明を取り、彼の後を追った。アベルはぼんやりと彼らを見送った。立ち上がろうともせず「まぁいっか」と、何事もなかったかのように火中の木の実を枝でたぐり寄せていた。

ジェイガンは国境壁の隙間で横たわっている白い塊を見つけた。

「――待てカイン、わたしが行く」

音もなく剣を抜き、ゆっくりと近づいた。

「白狼か？」――荒い呼吸をしているだけで応答はない。

銀色の毛の一部がどす黒く染まっていた。ジェイガンは剣をおさめて近寄った。

「た、隊長……気をつけてください。白狼は人を食べるそうですよ……っ！」

「大丈夫だ。〝彼〟は人を食べない。カイン、ありったけの傷薬と布を持って来なさい」

「えっ……？　あ、は……、はい！」

カインは言われるまま踵を返した。

松明の炎が遠くなってからジェイガンは身をかがめた。白狼は意識を混濁させながらも脚を掻いている。その方向にはヴァルファーレン皇国があった。

「聞こえるかシド、わたしだ。おまえを刺したのは誰だ」

すすめ、すすめ。
おれたちにかえるいえはない。
すすんださきにはあるかもしれない。
きぼうをもっていたやつは、まっさきにしんだ。
すすめ、すすめ。
このくらくてさむいせかいを、どこまでも。
すすめ、すすめ、どこまでも、すすめ――……

彼がこの歌を口ずさんでも、応える者は女王の屋敷にはいなかった。
飲めば即死の毒だが、火で炙ってたった芳香（ほうこう）を吸えばたちまち眠りへと誘（いざな）われる。リャナ谷の源流にのみ生える野花の蜜だ。矢の先端に塗ってあったそれを炙って、彼は口元に布を当てて芳香を吸わないように細心の注意を払う。屋敷前の兵士はまもなく昏倒した。さらに一本の鏃を炙って扉の隙間から香りを入れると、やがて正門は簡単に開いた。

「ヴァルファーレン皇国の連中にはこいつの効能は〝逆〟を伝えていたけどな……」

飲めば深く眠れて前後の記憶が飛び、焚けば即死の毒になると〝雇い主〟には告げていた。お陰でオリヴィア王国ではありとあらゆるところで、証拠を持つ者たちが夢の中に逃げようとして服毒死した。

一階の大広間。二階への階段。一周まわって三階へと続く階段をのぼりきったところで最後の鏃を炙れば、ふくよかな女中らしき女はふらふらと前に膝をついた。

「おぉっと、あぶねぇ」

女中の手を離れた燭台を慌てて受け止める。火が廊下の絨毯にかかってはまずい。火事でも起きれば屋敷の外から人が集まってきてしまう。

「朝まで寝ててくれよ？」

太い腹を横倒しにしていびきをかく彼女の傍に、そっと燭台を置いた。

やがて長い廊下の先に、うっすらと灯りの細い筋が見えた。

「女王サマはどこにおわすかねぇ」

薄暗闇の中で、彼はすぅっと剣を抜いた。

相手は十五歳の少女だ。どんなに抵抗しようと、人を殺すことになんの罪も感じない男には抗（あらが）えない。権力のすべてをほしいままにした少女といえど所詮は女だ。

噂によると神秘的で美しいらしいじゃないか。寝室に入れる男はとても誇らしいことだろう。しかしその望みは誰も叶えられないままに今夜終わる。

「どうせなら男を味わってから死ぬかい、女王サ――」

オレが最初で最後を味わうかも知れないからね、と冗談で口にしようとした言葉は途絶えた。

「……っと――」

カーテンの隙間からひゅっと刃が突き出てきたのだ。

とてつもなく遅い突きだった。彼はひらりと上体を反らしてかわした。

「ともだちというのは嘘だったたんだな」

灯りの細い筋の前に、少年が立ちはだかった。

リオはばっとカーテンを開いた。そこだけ四角く切り取ったかのように、目映いばかりの月光が差し込んだ。男はその眩しさに目を細める。

縮れたように波打つ髪、人を食ったような瞳。格下を小馬鹿にする微笑を浮かべた男は、先ほど戯れたばかりのイーサンと名乗ったエルンスト諸侯同盟の使いだ。

「そんなおもちゃの剣で一丁前の騎士（ナイト）のつもりかい、……クソガキ」

「ガキじゃない……リオだ」

「やめとけ、短い命で死ぬぞ？」

「……っ」

リオは思いっきり息を吸い、ぐっと震える身体を鼓舞する。

ブラッドフォードに教わったように両手で剣の柄をしっかりと握った。

「片手剣を両手で持つのか？」

非力だな、とイーサンは鼻で笑った。

「いいかリオ、戦場において大事なのは意地だ」

「意地って……力と技じゃないの？」

「もし相手がおまえよりずっと強くて、たくさん技を持っていたら？」

「そっ、そりゃあ、……逃げるしかないんじゃないのかい……？」

「逃げられない状況だったらどうするんだ」

「えぇ……そんなん、どうしようもないよ！」

「じゃあ死ぬのか？」

「い、いやだ、死にたくない！」

「だったらまずは剣を両手で持て」

「これ片手剣なのにぃ？」

「いつかわかる、力と技は意地で補え。絶対に剣を手放すなよ」


「……おまえの挑発には乗らない」

リオは両足を肩幅に開いた。

真正面に剣を構えて、イーサンを睨みつける。

「おいガキ……生意気言ってんじゃねぇぞ。こっちは遊びじゃねぇんだ」

　低い声で威嚇されてリオの膝がぶるりと震えたが、教わったように……教わったように……と胸の内で何度も唱えて恐怖に耐える。

「こっちだって遊びじゃないんだ」

「あん……？」

「やれるもんなら……やってみろよ」

「あーぁ、せっかく愉しかったのによ……萎えちまった。しょんべんくせぇガキを斬ったら斬れ味が鈍るだろ。どうしてくれんだ？　こちとら女王サマを嬲り殺すつもりはなかったのによ。お陰できれいに殺したくなくなっちまうだろう……、がッ！」

　一陣の風がリオの前髪を浮き上がらせた。

目にも留まらぬ鋭い突きが、リオの細い鋼を弾いた。

「うわあぁっ！」

　よろめいたリオは、けれど倒れず踏ん張った。

意地。戦場においてそれだけが大事だとブラッドフォードは言っていた。

「倒れとけよ、クソガキ！」

　金色の殺意が上から襲ってくる。

「ぁあぁ、あ、あっ！」

リオは雄叫(おたけ)びを上げながら、どすんと重くのしかかる斬撃を受け止める。

片膝が床に落ちる。剣の柄から指が外れそうだった。

聞いたこともない、鋼の擦れる嫌な音が迫ってくる。

「ひ、ぎっ……！」

みるみるうちに刃が左肩に吸い込まれていく。

（痛いよ……熱いよ……！）

布が切れて皮膚が汗ではないもので濡れてきた。

全身が軋んで、押しつぶされそうだった。

「このままばっさり斬られちまうか、あ？」

「……いや、だ……」

「なんだって、聞こえないぜぇクソガキぃ」

イーサンはけたけたと嗤っていた。完全に遊ばれている。

どうする、どうする、とリオは奥歯を摺り合わせた。

（ブラッドフォード、オイラに力を貸して……！）


「痛い、手がいたい、痛いよぉ！」

「まったく……ぜんぶ受け止めようとするからだ」

「じゃあどうしたらいいのさ！」

「そういうときは一旦相手を離れさせるんだ」

「オイラが逃げるんじゃなくて、相手が逃げるってこと？」

「相手の嫌がることをすればいい。たとえば、そうだな……」

鼻先にイーサンの大きな拳が見えた。

その指めがけて、リオは大口を開けた。

剣を握る指を噛まれたイーサンは、怯んで一歩離れた。

「いっ、て！」

「あああああっ！」

すかさずその細い腹に頭突きをかました。

ふたりはもつれるように月光の下を転がった。

先に立ち上がったのはイーサンだった。

「なにしやがる……、このクソガキがっ！」

小さな身体を思い切り蹴り上げられた。

吹き飛んだ背中が激しく壁に叩きつけられる。
「うっ、が……ぁ……！」
口の中が切れて唾液とともに血飛沫が絨毯に散った。
なんとか立ち上がろうとするも、両膝ががくがくと戦慄く。
「はぁっ、はぁっ、はぁっ」
剣を手放さない。
意地を。
剣を、手放さない。
痛い、痛い、痛い。熱い。
喉が焼けそう。
戦うって、こんなに痛いの。
死ぬって、こんなに怖いの。
でも約束したんだ。陛下を守るって。
約束したから、こんなオイラに剣をくださったんだ。
オイラはもう盗んで逃げるだけの子どもじゃない。
王宮騎士になったら女王を守るんだ。

オイラは死ぬのなんて怖くない。

「……待、て」

寝室の扉へと向いた足にかじりついた。

「なっ」――イーサンは驚愕の声を上げる。

「ま、へ、……っ」

両手に剣を握りしめ、その柄をどんどんと脛に叩きつける。

「くっそが、くたばっとけよ！」

頭が蹴り潰されている。食らうたびに、視界はぐらぐらと縦に揺れた。

「やら、やら、れったい、に……や――っ！」

がつんと火花が散ったかと思えば、柔らかいカーテンの中にずるりと埋もれた。

ぐしゃぐしゃに乱れた髪に砕けたガラス片が落ちてくる。

「はぁ、っ……ったく、しつけぇガキだな……！」

剣はまだ手にある。

「……行かせ、ない……」

オイラは何度も死んだんだ。

腹をすかせて、何度も何度も死んだんだ。

それでも生きてるんだ――。

「へい、か、を、まもる、んだ」

剣を持つ両腕がしびれている。

人を傷つける鋼はこんなにも重い。

命を奪うってそういうことなんだ。

……歪んだ影を追いながら、ぐあっと剣を振り上げた。

精一杯の一撃はようやく影を斬った。

やった、と思ったが、剣は床に突き刺さっただけだった。

リオは目眩の海に溺れている感覚に酔う。

「あ、ぐ」

急に腹の底から食べたものがせり上がってきた。

「がっ、ごほ、っぅ、はっ」

甘いシチューとぐるぐるのパンをごぼごぼと吐き出す。

「は、っ、は、は、っは、っは……」

這いずって、扉の前に立たせてしまったイーサンの足に身体を摺りつけた。

「はぁ、はぁ、はあ、はぁ、」

足をばたつかせ、身を丸めて、彼の足と扉の隙間に上体をねじ込んだ。

これで〝外開きの扉〟が開けられることはない。

「へ、へ、へ、へ……お、オイラの、勝ち、だ……っ」

死体になっても女王を守ることができる。

「……そんなに死にてぇのかよ」

イーサンは冷たく子どもを見下ろした。

「死ぬ、のは、こわく、ねぇ……」

「なんだと？」

「おまえ、なんかに、わかる、か」

「……ガキ、てめぇ、いくつだ」

「へ、へ、生きた、ねんすう、なんて……かんけぇ、ねぇんだ」

オイラは何度も死んでいる。

それでもしぶとく生き続けてきたんだ。

「おま、え、なんか、に、負け、ねぇ」

「……そうやって這いつくばってるガキは何人も見届けてきたぜ……」

「だから、なんだ、って、んだ」

「だから……ガキは殺したくなかったんだ――」

ひゅっと白刃を逆手に持つのが見えた。

「っ……ぁ」――死は落とされた。

がらり、と、手から剣が離れた。

意地が消えた瞬間だった。

リオの双眸から光が消えた。

その眼前すれすれを刃が突いたのだ。

「気絶したか……」

手間取らせやがって、とイーサンは肩を落とした。

随分時間を食ってしまった。

月はすっかり屋根を通り越し、内庭の見える西へと下っていったようだった。

イーサンはくっついたままの小さな身体をなんとか剝ぎ取り、足で蹴って扉の前からずらすことに成功した。

「騒がしく……大変失礼しました、女王サマ。わたくしの名はイーサンと申します」

イーサンはリオに嚙まれた指をさすった。予測不可能だった子どもの攻撃で利き手をやられてしまった。服の裾に歯形の残る手をこすりつけながら女王に優しく語りかける。

「ノックは必要でしょうか？」

「その必要はない」

そのたった一言で、ぞくん、と――。イーサンの背筋が凍った。

得も知れぬ殺意や憎悪を煮詰めたような恐怖の集合体が、扉の向こうから襲いかかってくる気がした。奴隷時代に麻痺した感情が湧き出てくる。これは、殺し、殺され合う戦場でも感じ得なかった恐怖というものだ。

「っ……、な……」

なにをばかなとイーサンは嗤う。扉の向こうにいるのは十五の少女じゃないか。

「よくやった、リオ。褒めてつかわす」

反射的に扉の前から飛び退（の）いたイーサンは――相手は子どもだ、女だ、十五歳だ――と言い聞かせるように胸を掻き抱いた。

「じょ、……女王サマ……、扉をお開けになってはいかがですか……？」

「必要ない」――震えるほど寒気のする声だった。

イーサンはなぜかじりじりと後退している自分に驚いていた。

視線まで意思に反して下りていく。無意識に屈服させられているのだ。

気迫のようなものか、けれど相手は――十五の少女（子ども）なことに変わりはない。

「開けてくださらないのでしたら……」

イーサンは無理に口角を上げた。

「この扉……ぶちやぶりますよ？」

「必要ない」

イーサンは〝なにか〞に背中を押された。

だがそう思ったのは、気のせいだった。

正気に戻ったときには、既に片膝を突いていた。

木っ端微塵に蹴破られた扉の破片が、イーサンの目前をゆっくりと舞う。

「妾がぶちやぶる故に」

——長い、金色の髪が揺れた……——。

人形のように表情のない顔は死への恐怖など持ち合わせていない。

氷よりも冷たく、空や海よりも澄む翡翠色の瞳は、暗殺者の目を釘付けにした。

「リオよ、未来あるそなたが命を捧げる必要などない」

転がっていた片手剣を拾い、女王は突如イブニングドレスを縦に引き裂いた。

「な、っ……！」

そして彼女は静かに左腕を上げる。

「さぁ来い、ヴァルファーレン皇国より使わされし暗殺者よ。妾の番犬が書状の炭で教えてきたぞ。〝イーサンにきをつけろ〞とな」

右手に構えた剣先は鋭く、イーサンの眼前でぴたりと止まった。

「妾を殺せるものならば殺してみよ」

「お、ぃ……おいおい……うそだろ……」

イーサンはぶるりと総毛立つ。よろめきながらも立ち上がった。情けなくも圧倒され、剣を構える余裕などなかった。

「妾の命は国ぞ。殺るならばその覚悟を持って参れ」

エリザベス二世はイーサンがこれまで戦ってきた誰よりも尖った殺意を持っていた。

イーサンは刃を受けるだけで精一杯だった。

音もなく繰り出される突きは、避けたつもりでもかならず衣服を斬った。

「っ、そ、なんだよ……、っこれ、ぁ！」

なぜだ、相手は子どもだ。少女だ。片手だ。

「なにをしておる、早う来い」

防戦一方のイーサンの足はよたよたと逃げるばかりだった。

「遊んでおるのか」

違う——。

振り上げれば柄頭を突かれ。

構えようとすれば刃を叩かれ。

やっと振り下ろせても薙がれる。

もう幾度、その突きはイーサンの心臓を貫いたかわからない。

「準備運動にもならんな」

けれど女王の剣戟は決して血を流さない。

マントを裂いてベルトを斬っても、皮膚の一枚も斬らなかった。

「ならばそなた——死ぬか？」

「っ……！」

ひゅっと胸めがけて突き込まれた一撃はさすがに入ったと思った。

「つあ！」

イーサンは哀れにどたどたと尻餅をついた。

「くそがあぁっ」

砕けた扉の破片に触れたので、摑んでひたすらに投げつけた。だがそれはひとつも、流れた金髪の先にすら触れない。

はぁはぁと息を荒らげるイーサンはいつの間にか寝室に逃げ込んでいた。

腹ばいでなんとかベッドにすがりつき、毛布を摑むも、その布は瞬時に斬られて顎が床に激突した。慌てて身体を反転したところに剣先が突きつけられる。

「っは、っ……、はっ、はぁ……は、っ……！」

化け物だ——。

……と、イーサンはひゅーひゅー胸を鳴らして震えた。

永遠にも思えるひどく長い戦闘を繰り広げているというのに、彼女は息ひとつ上がっていない。眉の表情ひとつ変えず、殺せるのに殺さない剣をふるってイーサンを蹂躙してくる。

「そなたはあの日のヴァイス=ライモンドにも劣る」

金色の目が見開かれた。

「やつならば妾の心臓を貫けたかもしれぬ」

「なん、だと……！」

イーサンはきょろきょろと武器になるものを探した。とてもじゃないが剣だけでは、この女王は殺せないと思った。

「どうした、やけに愉しそうに踊っているな」

あの太った女の傍らに置いてきた燭台を持って来たらよかったのか。いいや、そもそもあの火で廊下の絨毯を燃やし、カーテンに引火させてこの屋敷ごと焼き殺したほうが早かったか――……。

「愚かな。そなたの考えは手に取るようにわかる」

そんな吝嗇な考えを女王は一刀両断にした。

「は……」――いま、剣を振るったのか……？

疑問すら抱かせぬまま、波打つ髪のひと束が、腕と腹に落ちていった。

五年前、自分の同胞は〝十歳の少女〟を殺さなかったのではなく、〝この化け物〟を殺せなかったのか――……。

「そうではない、あれの重荷は妾が背負っただけのこと」

「ひっ」――心が見えているのか。

「他人の命を背負う覚悟なき者に、妾は殺せぬということだ」

「わかんねぇ……どういう、ことだよ……」

「では訊こう、そなたはなんのために妾を殺しに来た？」

イーサンは激しく表情を歪めた。

「かっ、金に決まってんだろ！　生きるためには、金が必要なんだよ！」

「雇い主はヴァルファーレン皇国のネールガルデ皇帝か？」

「だったらなんだってんだよ！」

「誰が、どう生きるために、いくらの金が必要だったのだ？」

「そ……そんなの、アンタが知ってどうするってんだ……、ヒッ」

ひゅっと剣先が鼻の目の前に突き出されてイーサンは声をのんだ。

「妾が訊いておるのだ、答えよ」

イーサンは唇を震わせた。

「……オレが……一生、遊んで暮らせるだけの金だ！　汗水垂らしてなぁ、硬貨数枚もらうだけの労働なんざ……ばからしく思えるくらいの金額だ……アンタみてぇに君主サマを名乗る連中に命握られて、いいように使われねぇために、オレたちは毎日必死なんだ！」

「――たち？」

静かに女王は呟く。

「結局あいつは、アンタを殺せなかったんだろ！　あんな番犬(イヌ)に成り下がった腰抜け野郎と比較するんじゃねぇ！　オレたち奴隷を解放するとか言いながら、ひとりだけ抜け駆けしやがった、あのヴァイス＝ライモンドなんかと、一緒にするんじゃねぇッ！」

血走った目を剝いて、イーサンは心のままにわめき散らした。

「やはり妾では話にならぬか」

女王は無表情のまま剣を振り上げた。

「和睦の道は果てしなく長く遠いな」

イーサンは今度こそ殺されると思った。

情けなく目を固く閉じて、ひぃっと首をすくめた。

だが――……一向に振り下ろされる気配がない。

「………？」

おそるおそる目を開ければそこに女王の姿はなかった。イーサンははたと起き上がる。

あの恐ろしくも美しい化け物はいない。

イーサンの焦りは濃くなった。ベッドサイドで輝く燭台を持ち上げ、廊下に出た。

「……ぁ……」――絶望に吐息が震えた。

時間がかかりすぎた。窓の外は白み始めている。

カァン、カァン、カァン、カァン、カァ――ン………。

五の刻の鐘が鳴った。イーサンの焦燥感はさらに増した。

彼にはこの国の時間感覚はわからなかったが、とにかく急がなければ事は明るみに出ると思った。隠れるべきか、逃げるべきか。だが眠り薬の効果はそろそろ切れる。

足下に転がっているリオがうぅと呻いたことにすら動揺を隠せずにイーサンは燭台の灯りを向けるほどだった。

「誰を捜しておる」

凜とした声が寝室内から響いてきた。

「妾が近くにいることすらも見えなくなっておったか」

イーサンは息荒く、再び室内へと戻った。

「そう焦るな。妾はここだ。あと一刻は話ができようぞ」

女王は一面がガラスに覆われた窓の前に立っていた。その手にはなぜか剣がない。

「話だと……くそが……こっちは、アンタともうこれ以上、たらたらと話をする気なんざねぇんだよ！」

これが最後の機会だと思った。女王はいま武器を持っていない。

燭台を投げ捨てた。その勢いで蠟燭の炎は消え、細い煙が立ちのぼる。

イーサンは言うことをきかない利き手に唾を吐きつける。

「余裕かましやがって……こっちはただ、クソガキにちょっと怯んじまっただけだ……。皇帝サマには殺せたら殺してこいって言われただけだからよぉ……別に逃げてもかまわなかったけどな……。やっぱ殺して、すっきりと大金をもらいてぇよなァッ！」

その成長しきっていない平らな胸を貫いてやる、とイーサンは咆吼した。

エリザベス二世は陰ってきた月を背に、両手をすっと開いた。

「焦るなと言うたであろう——」

ガラス窓は激しい音を立てて外から砕かれた。

「――妾の番犬よ」

牙を剝き出しにした白狼は相棒を乗せていた。

女王の番犬は、揃って主人の窮地に飛び込んできた。

ブラッドフォードはシドの背から跳んで、かつての同胞の名を叫びながら剣を振り下ろす。激戦をくぐり抜けてきた身体はほとんど布きれを纏っているだけだった。

重い白刃同士がぶつかり合い、両者は大きく弾かれた。

踏ん張り耐えた足跡が弧を描く。

「「おおおおお――ッ！」」

互いの激情は同時に駆け出し、女王の前で討ち合いになり、火花を散らした。

得意も不得意もすべてを知っている二本の剣は鋼をすり減らしながら意地の張り合いになった。どちらがどちらの腕を斬り落とし、どちらがいつ、命を失ってもおかしくなかった。

「ならぬ」

加勢に入ろうとしたシドを、女王は横手で止めた。

「なぜですか陛下！　わたしはこれしきの傷……」

「そなたの怒りはあとで聞いてやる。いまはやらせてやれ」

「ですがッ――」

「一刻もかからぬ、どうせすぐに終わる」

途端、ブラッドフォードの剣が宙を舞った。

競り勝ったのはイーサンだった。

「陛下！」――シドは女王の前に立ち塞がる。

しかしイーサンは女王に脇目もくれなかった。

「なぜ殺さなかった！」

同胞に斬りかかった男の腕を素早く掴んだブラッドフォードは、思い切り彼を投げ飛ばした。剣は手から抜けて、割れた窓から内庭へと落ちていく。

「いっそ殺せばよかったんだ！」

イーサンはそれでも立ち上がり、ブラッドフォードに掴みかかった。

「殺されれば、こんな思いしなくて済んだ！」

足下の一本の剣に手を伸ばすでもなくふたりは殴り合った。

血汗が飛び、殺し合いはいつしか全身の部位をぶつけ合う激しい喧嘩となった。

「おまえが中途半端な〝解放〟なんか提案しなければ、オレたちは……苦しまずに済んだんだ……！」

「っ……！」――藍色の瞳が戸惑いに揺れた。

「おまえのせいだ！」

「どういう意味だ！」

体格で勝るブラッドフォードが、揉み合いの果てに、やがてイーサンを押さえつけた。

「はぁ、はぁ、はぁ、はぁ、」

「はっ、ころ、せ……！　はぁ、オレたちを、っ、」

「はぁ、はぁ、はぁ、はぁ、」

「そうやって、オレら、同胞を、よ……、救った、つもりだろうけど……な、おまえがやったのは、……自由っていう、苦しみだ……」

「……イーサン……それは、どういう意味だ……」

「いっそオレたちを、生きる苦しみから、解放してくれれば……よかったんだ……」

イーサンの声には次第に嗚咽が混じり始める。

「五年の間に……なにがあった」

ブラッドフォードはようやく落ち着いた声を絞り出した。

「……おまえは、知らないだろう、よ……。……奴隷のほうが、いっそよかったって、言いながら、飢えて死んでいった同胞たちを……、オレは、見届けてきたんだ……ッ」

シドは首を捻って女王の顔色をうかがう。けれど彼女は黙ったまま、ふたりに冷ややかな目を向けるだけだった。話し合いはもう済んだのだ。

「おまえのせいだ……ぜんぶ、おまえの——」

眠りから覚めた警備兵たちが走ってくる音で、イーサンのすすり泣く声はかき消された。

オルデナ山林に初雪が降ったのは二日後のことだった。

エルンスト諸侯同盟の若き新盟主・アルフォンスは馬を駆り、心配性の父親を従者として連れて関所を通過した。その腰の革袋にはしっかりと十二色の宝玉が入っていた。

「忘れ物はないか？」

「ありませんよ！」

後ろをぽくぽくとついてくる父は油断するとすぐに声をかけてくる。

「あ、……のぅアルフォンス、忘れ物――」

「ないって言ってるじゃないですか！」

「わしが忘れ物をした」

「え」――慌てて手綱を引いて馬を止める。

「け……剣を忘れた」

確かに父の腰には剣がない。しょぼくれたその姿は、議会で改めて領土振り分けをされた、あのオズワン城を居城とするあたらしい領主とは思えないほど小さく見えて、アルフォンスは思わず噴き出した。

「大丈夫ですよ、オリヴィア王国では抜くことはありませんから！」

……いっぽうその頃、ヴァルファーレン皇国からはあらゆる武具を身につけた兵士を大量に連れた物々しい集団が、第十七代皇帝ネールガルデを先頭に出発した。肩には獅子王の聖剣を担ぎ、これ見よがしにオルデナ国境を悠々と通過していった。

「「ようこそお越しくださいました」」

冬の警備を老兵に奪われたカインとアベルが深々と頭を垂れる。城下に控えていた王宮騎士団は総出で並んで道をつくり、ふたつの国の君主を迎え入れた。

オルデナ山林ほどではないが、雪の結晶がちらついている。

先に到着したのはエルンスト諸侯同盟の盟主とその従者であった。

「……なんかへらへらしててあんまり偉そうじゃないな……」

「聞こえるぞ、ばか」

カインはいちいち値踏みする腐れ縁の同期に肘を食らわせていた。

「やぁブラッドフォード！」

一階の謁見の間に通されたアルフォンスは、歓迎の酒にも豪勢な料理にも目を奪われることなく、すぐさま見知った顔を見つけて駆け寄った。

「なんでそんな端っこにいるんだ？」

部屋の隅を埋めるようにブラッドフォードは立っていた。極力目立たないようにしようと思っていたが、これから始まる宴——もとい初の三連国の君主による会談が無事終わるようにと目をぎらつかせていたので逆に目立っていた。全身を黒い外套で覆って、無理矢理着せられた王宮騎士団の正装を隠している。

「……盟主が俺なんかに話しかけないでください」

「キミってそんな顔だったっけ？」

なんかぼこぼこに腫れてないかな、とじろじろ見られたのでブラッドフォードは露骨に顔をそらした。

「シドはどこにいるんだい？」

「白狼が屋敷に入れるわけないでしょう」

「誰かに刺されて怪我をしたって聞いたけど」

「白狼は人間と違って丈夫ですから……たいしたことないです」

「ねぇイーサンを知らない？　連れてこようと思ったんだけど、いつもの酒場にはいないし、どこ行っちゃったんだろう。知ってる？　もしかしたら先に来ちゃってるかな」

ブラッドフォードはわざとらしく咳払いをした。さっきから大きなテーブルに料理を運ぶ女中たちの視線が痛いのだ。

　女王の番犬と呼ばれおそれられていても、ブラッドフォードは〝陰の〟女王の番犬だ。滅多なことがない限り屋敷の中には入らない。警備で立っている王宮騎士団の精鋭たちも、あんな顔の騎士はいたかと声を潜め合って変な目を向けてくる。

　ブラッドフォードだってこんな目立つ場にはいたくなかった。一応、これでもオリヴィア王家の人間をふたりも殺した元死刑囚なのだ。自分を尋問にかけた者に見つかって、あのヴァイス＝ライモンドだと気づかれるのだけは避けたい。

(俺だって嫌なんだ……)

　エリザベスの鏡が見つからなかった以上、致し方ない措置だった。ヴァルファーレン皇国のネールガルデがどう出てくるかわからない。いざとなれば再び剣を抜き、女王だけでも死守するつもりだ。早馬による出立の報告によると、ヴァルファーレン皇国の集団はこれから一戦を交えそうなほど武装しているそうではないか。

「盟主、そろそろ席に――」

「やだなぁ堅苦しい呼び方しちゃってさ」

「いやそうではなくて、俺はあなたなんかが声をかけていい身分では……」

「オリヴィア王国は身分制はそんなにきつくないって聞いたよ」

「いやだから……そうではなくて」

「辛気くさいなぁ、お祭りなんだからもっと楽しくしようよ！」

肩を組まれてブラッドフォードは心底嫌な顔をした。

「祭りじゃないです……停戦条約締結の会談でしょう……」

「そういえばエリザベス二世殿は十五歳だっけ。僕の初恋もちょうど十五でね」

「……なんの話ですか……」──まだ解放してくれないのかとげんなりする。

（勝手に喋らせておけばいいか……）

ブラッドフォードはそっとフードをかぶって置物のふりを決め込んだ。

「いやぁやっぱり恋の話って楽しいじゃないか。親密になりたいならね、恋の話はもってこいなのさ。ちなみに僕の初恋はなんと従姉妹でね、父から真実を聞かされたときには、もしかしたら僕の血筋はみんな美形なんじゃないかと思ったんだ。前向きだろ？エリザベス二世殿はどんな殿方がお好みなのか聞いてない？　あ、もしかしたらキミに絶賛初恋中かもしれないよ！　どうする、お誘いもらったら？　でもお断りするのは失礼だよね。一晩だけならって言っちゃうかい？　あはは、さすがに女王様にはそんな軽いノリじゃあまずいか！　その辺はどう考えてるのかぜひとも聞かせてほしいなぁ」

「……いつまで喋ってるんだ……」

どうせ聞いてないだろうと思ってブラッドフォードは敬語をなくした。

若き新盟主は三連国の戦乱を如何におさめるかを決めるこの場がどれほど重要なのかも忘れ、すっかりお祭り気分のようだった。

（まぁエルンスト諸侯同盟はこの調子だと破談の気はないか……）

問題はオリヴィア王国に攻め込む理由をつくりたいヴァルファーレン皇国である。

「これはなんのお祭り騒ぎかな？」

場の空気が一瞬にして重苦しくなった。気づいた女中たちは給仕を終えるとそそくさ去っていき、王宮騎士団の精鋭たちはかちりと腰の剣を鳴らす。

第十七代皇帝ネールガルデとその一行のお出ましであった。

（来やがったか……）

ここが会談の開催国であることを気にもせず、ネールガルデはひときわ大きな上座にどかりと腰掛けた。その周囲の椅子は武装した兵士たちで早速埋まる。

「なんだいぞろぞろと怖そうな顔をして。空気を読んでほしいよね」

（あなたに言われたくないだろうけどな）

けれど暢気に肩をいからせるアルフォンスの言い分も一理あるとは思った。いまから平和のための話をするのだ。祭りでもなければ、一戦交えるための場でもない。

「妾が用意させたのだ」

踵を鳴らしながら女王はひとりでやってきた。

「っ、陛下……！」

頭上には銀に輝くティアラ。緩く巻かれた金髪はヴェールに包まれ、あらゆる輝きを見せる。ローブ・ア・ラ・フランセーズの型を取った赤い布地に、金の糸で薔薇の刺繍が施されたドレスは息をのむほど豪勢だった。歩くたびに薄く織られた絹のガウンが波を打った。胸元には贅沢に大粒のダイヤをちりばめた金の首飾りが広がっていた。

「おぉ……」

ネールガルデは仰々しい感嘆の声を漏らし、椅子から立ち上がった。

老若男女関係なく、すべての熱い視線が小柄な女王に注がれた。

(陛下……なぜ剣を置いてこられた……)

ブラッドフォードは万が一にもと軽装にするよう進言した。だが女王は、母王の形見であるドレスの、それも最上級のもので着飾ってきたのだ。

そんな心配をよそに、女王は上座の男に向かっている。

「きれいだ……十五とは……思えない……」

アルフォンスは口を半開きにさせて呆けていた。

肩を抱く腕を振りほどきたかったが、彼もこの場では立派な君主だ。扱いをぞんざいにするわけにはいかない。ブラッドフォードは内心チクショウと舌打ちしながら、女王の振る舞いを見届けることしかできなかった。

「そなたがヴァルファーレン皇国の第十七代皇帝ネールガルデ殿か」

「失礼、麗しのレディ。……お名前は？」

恭しく一礼しながらもあろうことかネールガルデは彼女を女王扱いしなかった。

「妾が誰であるかはあとの話だ」

「おいしい話は先にいただきたいところだが？」

「黙れ、そこは妾の席だ」

「なっ……」――ネールガルデは激しく顔を引きつらせた。

何者であるかを濁したまま彼女はずいと上座に立つと、グラスを手に持って掲げた。

「それでは皆の者、杯を持て。まずは、冬の訪れで冷えた身体を温めようではないか。この杯に誓って等しく我らに豊穣が与えられんことを――……乾杯」

宴は夜遅くまで続いた。

シドは朝からずっと内庭で寝たふりをしながら、ぱたぱたと繰り返し尻尾を上げたり下ろしたりしていた。腹にはイーサンに刺された傷を保護するために包帯が巻かれている。やけに腕のいい老兵に止血してもらったお陰で、シドはヴァルファーレン皇国まで走り、相棒を救って戻ることができたのだ。

「そんなに落ち着きがないと傷が塞がらないよ」

注意しつつも、昼寝のふりを続けて結局商家に帰らなかったリオも、ぐるぐるのパンをちぎって丸めては、畑に投げていた。

「……あいつ、死刑かな」

「まぁ、そうだろうさ」

「そっか」

「そうだろうさ」

でもさ――と、リオは唇を尖らせる。

「ブラッドフォードから聞いたよ。あいつも昔のともだちのためにあんな大それたことしちまったんだろう？　えっと……かたきうち、で、合ってる？」

シドは「知ったことか」と冷たく鼻で言った。

彼もまたブラッドフォードから聞いた。イーサンが自由街ベイリー地区の酒場で飲んでいたのは、十二色の宝玉を持って通るであろう、オリヴィア王国の使いを襲うためだったのだそうだ。金を使ってヴァルファーレン皇国の平民あがりの貧しい者たちを雇い、できるならば女王の暗殺を狙っていた。だが偶然にもオリヴィア王国の使いは、かつて処刑されたはずの同胞だった。

「やっぱりさ、ともだちだから……止めてほしかったんじゃない？」

「それはないな。きっとただのきまぐれだったんだろうさ」

イーサンは酒場で妙な動きを見せたらしい。ブラッドフォードは彼が刺客たちにした合図を見逃さなかった。襲ってきた五人の男たちとイーサンは繋がっていると悟ったブラッドフォードは、わざと彼を泳がせた。

「でもねシド」

「なんだ。もうあいつの話は聞きたくないんだが」

白狼は暗闇の中でふてくされる。

「あいつに刺された傷が怒りでうずいてくるのさ」

「シドはあいつのことが大嫌いなんだね」

「食い殺す価値もないほど嫌いだ」

「オイラはそんなに嫌いじゃないよ……、理由を聞いて、なんか、オイラも他人事じゃない気がしてさ」

リオはぐるぐるの最後のひとかけを口に含んだ。まだ口の中は鉄の味がする。

「ブラッドフォードはシドのことを信頼して、ともだちを託したんだと思うし」

「……」

ため息が白い。夜が深くなり、空気が冷えてきた。

シドは尻尾を丸めてリオを包む。

「わたしに、その、託されてもな……」

「道中にオイラたちの話をしてあげればよかったんじゃない？」

「なぜ……。わ、わたしが悪いのか……？」

賢い白狼にしてはめずらしく言葉が濁る。

「……あいつが急所を外して刺したことは、百回謝れば許してやらんこともないが……陛下に剣を向けたことは百万回謝っても許さん」

「揃いも揃って、女王の番犬は不器用さんだね」

「ちがう、嫌いなだけだぞ」

「そういうとこ」

リオは白い毛の塊に背中を預ける。

「外はとっても寒いね」

「あぁ……寒いな」

満身創痍（そうい）の白狼と子どもは雪のちらつく夜空を見上げた。

ヴァルファーレン皇国の兵士たちは、オリヴィア王国の王宮騎士団の精鋭とともに、ほとんどが謁見の間で酔い潰れてしまった。そこには飲み過ぎて女中に絡み、頬を叩かれて昏倒させられた男も含まれる。

結局名乗らず、何者でもないまま宴を過ごした美しい少女は、夜の訪れとともに三階へと上がった。

その後ろにはほろ酔いのアルフォンスと不機嫌なネールガルデが続いた。残念ながら獅子王の聖剣を担ぐだけの正気を保っていられた者はひとりもおらず、皇帝は自らその君主の証を肩に載せている。

「陛下、……陛下っ」

ブラッドフォードは極力声を潜めながら、ようやく三階の廊下で女王を呼び止めた。

「なんだ、そなたもついてくるのか？」

「俺は酔っておりませんので」

「酒の一滴も口にしなかったとは仕方のない番犬（イヌ）だ。そなたの酔っぱらった醜態も見てみたかったものだがな。酒はよい。酔いを理由に等しく阿呆になっても許される」

応えつつも女王の足は止まらない。

「いったいどこで会談をしようというのですか」

「いま向かっておるであろう」

「ですから……！」

背後からはひっきりなしにネールガルデの忌々しいため息が聞こえてくる。アルフォンスに至っては興味津々な口笛を吹いている。普段ならば男が侵入するのを遮る乳母も、酒の樽を抱えて夢の中だ。もはや信じられるのは己の剣のみだった。

「……エリザベスの鏡も見つかっていないのですよ……！」

ネールガルデの剣の腕前こそ知らないが、獅子王の聖剣の斬れ味はこの手で確かめている。触れるだけでなにもかもが斬れる恐ろしい狂刃だ。君主の証明だとでも言って抜かれたときには逃げるよりほかない。

(アルフォンスを巻き込むのは忍びないが……)

最悪の事態には彼を盾にでもしてしまおうと思っている。

「あぁ、そのことか。忘れておった」

「わす、――……、なっ、なにをおっしゃっているのですか……！」

「さてレディ、我々はどこまで連れて行かれるのかな？　逢い引きにしては随分と人数が多くて遠いな。それともこの国はレディと大勢で戯れるのが好まれているのかな？」

「……貴様ッ──」

愚弄するにもほどがある。

ブラッドフォードは肩越しに皇帝を睨んだ。いますぐこのフードを下ろして、剣を抜いてやりたくて仕方がなかった。

「着いたぞ。さぁ入れ」

扉と窓ガラスの失われた寝室──もとい、会談のために設えられた部屋からはベッドが取り払われていた。代わりに中央には小さな丸テーブルがひとつと、それを取り囲むように椅子がみっつ備え付けられている。燭台や絵画などの女王の私物は、先日ブラッドフォードたちが見たままだ。増えてもいないし減ってもいない。

「なんだこの薄暗い寒い部屋は。わたしを誰だと思って──」

「もしかして女王様の私室だったりする？　すごいね、入ってもいいいんだ。それじゃあ遠慮なくお邪魔します！」

ふたりの君主の反応はまったくの逆であった。

「ぐっ、盟主殿、待て！　……あぁ、くそ……！」

なんの抵抗もなくするりと入っていってしまったアルフォンスに驚愕し、皇帝は拳をがつんと壁に叩き付けた。彼はぶつくさと文句を吐きながら渋々入室する。上座なるものは存在しない、三者が平等に腰掛けられる椅子だった。

「結構。では妾も座するとしようか。……番犬、そこでおとなしく待っておれ」

「……かしこまりました。お気をつけて」

ブラッドフォードは入ってすぐ脇の壁に背をつけた。

女王たちの座る椅子からは遠い。

引き抜きながら駆け出せるよう、剣の柄に手を掛けた。

（これでは剣が届かない……陛下はなにを考えているんだ……）

テーブルの上には火のついた一本の蠟燭が立っていた。

白紙の羊皮紙が三枚。

墨の入った瓶には、羽根の見事なペンが刺さっている。

三者は雪景色を望める寒く暗い部屋で、静かに椅子を前に引いた。

「ええと、それじゃあ僕からいいかな。つい最近議会で賛成多数によって盟主になったばかりだからね。緊張しているから先に始めさせてもらうよ」

アルフォンスは十二色の宝玉を腰の革袋から取り出してテーブルに置く。

こほんと咳払いを何度かしてから、彼は胸を張った。笑みを湛えたその若々しい顔は選ばれて座っているという自信に満ちている。

「エルンスト諸侯同盟盟主にしてフィールズ領主、アルフォンス＝フィールズです。この十二色の宝玉が示すとおり、十二の領をおさめる者たちは互いに不可侵を誓い、その中立を示し、代表してこの場に参りました。これをもって君主の証といたします。……って、こんな感じかな？」

途中までは盟主らしかったが、最後はあまり決まらなかった。

ネールガルデはいかめしい顔で手を挙げた。

「認めよう」

「認める」

女王もそれに続いて手を挙げた。

「あーよかった！　えへへ、ありがとうございます！」

アルフォンスは照れながら後ろ頭を掻く。

「では次はわたしだな。先にいいかな、レディ？」

ネールガルデは口の端をにやりと上げて女王を見やった。

「かまわぬ」

「いつまでそのすました顔をしていられるのやら……」

「なんのことだ。早う始めよ」

　女王の声は動ずることなく落ち着いていた。

　テーブルに立て掛けてあった獅子王の聖剣の柄に手が添えられた。ネールガルデは、わざとらしくちらりとブラッドフォードに目配せをした。ぴんと空気が張り詰める。

「そちらの番犬がいまにも噛みつきそうな目でわたしを見ておるが……本当によろしいのかな？」

　女王は無言のままブラッドフォードを一瞥して、すぐに視線を戻した。

「かまわぬ」

「抜きましょうか？」

「それでもかまわぬ」

（……あいつ、わざとか……）

　ブラッドフォードの右手がゆっくりと剣を抜きにかかる。

「では一旦抜かぬ」

　ネールガルデはふっと笑った。

「そうか。見てみたかったがな、そなたではない英雄が振るった聖剣とやらを」

「ほぅ……レディは見た目に反して随分と勇敢であるとみえる」

「ただの興味だ。抜く勇気がなければ抜かずともよい。それは英雄が抜く聖剣なのであろう？　いまここに必要なのは三連国の君主であって、英雄ではないからな」

「お口だけは達者でおられるようだな」

君主同士の囁くような声はブラッドフォードの耳には届かなかった。

（陛下はなにを話しているんだ……）

机上で駆け引きという静かな攻防戦があったようだ。

ネールガルデの手が獅子王の聖剣から離れたことに、ブラッドフォードはひとまず安堵する。

「ヴァルファーレン皇国第十七代皇帝ネールガルデ＝フォン＝ヴァルファーレンである。ここにある獅子王の聖剣が示す。かつて三連国はひとつの国であった。我が祖先にして初代皇帝ロスアーディア＝フォン＝ヴァルファーレンは戦乱の世をこの聖剣をもって制し、国の礎(いしずえ)を築いた。獅子王と名高き英雄であったゆえに獅子王の聖剣と語り継がれておる。これをもって君主の証とし、座して意見を申し上げてもかまわぬな？」

堂々たる宣言に圧倒されたアルフォンスはさっと手を挙げた。

「み、認めます！」

「レディは如何かな？」

女王はひと息あってから手を挙げた。

「……認める」

「けっこう、けっこう！　余興は終わりだ！　さぁ聞かせていただこうか、オリヴィア王国の君主殿！　証明できるものがこの場にあればの話だがなぁ！」

さすがにいまのはブラッドフォードにもはっきりと聞こえた。

（陛下、この剣を抜く……許可を）

ブラッドフォードの祈りは女王に届かない。

「では最後は妾か」

女王は金糸の睫毛を一度伏せてから、ゆったりと翡翠色の目を開いた。

「妾はオリヴィア王国エリザベス二世。幼名シャルロット改め、エリザベス＝オリヴィア＝ヴァルファーレンである。この場にあるエリザベスの鏡が示すとおり、かつて、オリヴィア王国はヴァルファーレン皇国第十六代皇帝アラヴィス＝フォン＝ヴァルファーレンが統治する領土を等しくふたつに分けることにより独立した。その独立の証明としてエリザベスの鏡と名を贈られた。これをもって君主の証とし、三連国停戦条約締結に向けて君主三者の書状を交わすことを提言する」

「ふ……ははははッ！　これは……っ、素晴らしい〝口上〟であったな！」

ネールガルデは君主の宣言を心底ばかにして笑い出した。

だが、すぐにその大笑いは憤怒に変わった。

「ふざけるな小娘ッ！　どこにエリザベスの鏡があるというのだ！」

その責め立てる声量は凄まじく、アルフォンスはびくっと肩をすくめた。一瞬にして陽気な酔いが覚めた顔になり、せわしなく二者を交互に見やり始めた。

「どこにあるというのだ！」

「……ある」

「どこだ！　どこにあるのだ！　部屋中、所狭しと可愛らしい玩具は並べられているが、そのどこに紛れているというのかッ、さぁ、言え、ないと、さぁ！」

「…………」――女王は再び目を伏せた。

「よぉく見たところこの部屋には鏡らしきものはないがなぁッ！」

ネールガルデは勝利を確信して席を立った。

「はてさてエルンスト諸侯同盟の盟主！」

「は、はいっ」――突然呼ばれてアルフォンスは思わず手を挙げる。

「実物の君主の証を持たぬ者を、君主として認めてよろしいのか？」

「そ、それは……」

アルフォンスは困って女王を見るが、肝心の彼女は目を閉じたまま黙っている。

視線でなんらかの打ち合わせをすることは叶わず、彼はやはり狼狽を隠しきれずにブラッドフォードを振り返った。

「気が変わったぞ小娘。この聖剣の斬れ味を試してみたくなった」

動かぬ女王の顔を舐めるように見下しながら、ネールガルデは獅子王の聖剣の柄を握った。「……無論そなたの柔肌で、な……」と皇帝は革の留め具を外す。

(なっ……！)

ブラッドフォードは我慢の限界だった。

「座れ」

「……、あぁ……？」

「座れと言っておる」

女王は目を開き、射貫くような視線を皇帝に向けた。

「……そなたは妾を何度愚弄した？」

「愚弄だと？　どこの馬の骨とも知らぬ小娘がなにを――」

その白い手はあろうことか、獅子王の聖剣の柄を握る手を摑んで、突如引っ張った。

「さぁ抜け、なれば証明される」――女王の椅子が倒れた。

「き、きさっ、ま……！　なにを血迷った！」

「いけません陛下！」

その指が、刃先に触れてしまう。ブラッドフォードは許可もないままに走りだした。

そして獅子王の聖剣は引き抜かれ、曇りひとつないその白銀の両刃に、エリザベス二世とネールガルデの姿が映った。まるで〝鏡〟のように。

「陛下！」

ブラッドフォードは女王の身体を掻き抱いて、獅子王の聖剣から引き剝がした。

その強い反動は、互いに君主を突き放すかのようだった。

椅子ごと後ろに倒れたネールガルデを尻目に、ブラッドフォードは女王の衝撃を一身に受けて背をしたたかに打った。

白紙の羊皮紙に双方の血がぱたぱたと落ちた。

その血の一滴が、床に横倒しになった聖剣の獅子の口に零れる。

「い、っつ……。陛下……、しっかりしてください、陛下――」

薄闇にぱぁんと破裂音が響く。ブラッドフォードの意識は激しく横揺れし、その頬に食らった不意の一発は、元奴隷兵士のなによりの激痛として記憶に刻まれた。

「離れろ、番犬(イヌ)……触るでない……」

（……へい……か……？）

「妾を見るでない……下がれと言っている」

予期せぬ混沌(こんとん)の状況でいち早く我に返ったのは、まさかのアルフォンスであった。

「け、怪我、しちゃった……みたいだから、ふたりとも、……これで止血して？」

そそくさと布巾がテーブルに差し出された。

立ち上がった女王は、すぐに落ち着きを取り戻し、布巾をひとさし指に巻く。

ブラッドフォードは見るなと言われた手前、視線を外しながらずるずると後ずさった。

壁に戻ったときには頬の痛みがさらに増した。腫れている感覚があった。

「……失礼、取り乱したな」

女王は何事も無かったかのように表情なく倒れた椅子を元に戻し、腰掛けた。

無意識に立ち上がっていたアルフォンスも「ま、まぁ、いろいろあるよ！」と柔和に笑って座り直した。ネールガルデだけが床で固まったまま動けずにいた。

「わかったであろう、ヴァルファーレン皇国第十七代皇帝ネールガルデ殿」

「み……認めん……こんなのは……」

「いいや、そなたは認めざるを得ぬ。そなたはいま〝鏡〟を見た」

「なるほど、そういうことでしたか……。この豊穣の三連国の成り立ちを考えれば納得のいく君主の証ですね。僕は、認めます」

改めてと、アルフォンスはしっかり手を挙げた。

「僕はちゃんと見ましたよ。その獅子王の聖剣を抜いた刀身こそが、エリザベスの鏡なのですね？」

「エルンスト諸侯同盟の盟主殿は理解が早いようだ……」

（抜き身の剣が……鏡……？）

「まぁ……妾が番犬(イヌ)に余計なことを言ったせいであろうな。妾も一応〝女〟である故に、……失礼、いまのは独り言だ。気にするな」

ブラッドフォードはふと、あの夜のことを思い出した。

女王は確かに「ない」と言ったあとに訂正するかのように取り繕って「エリザベスの鏡がないということは可能な限り隠さねばならぬ」と言ったのだ。

（もしや俺は盛大な勘違いを……、ならば陛下もあのとき否定してくだされば――）

未だ痺(しび)れる頬をさすりながらブラッドフォードはようやく理解した。

（――そうか、……俺は……最低の〝男〟かもしれない）

女王は冷静ではなかった。いまにして思えば、彼女は十二色の宝玉の話だけをして、エリザベスの鏡については「ある」とでも誤魔化しておけばよかったのだ。だが彼女は実際にエリザベスの鏡が「ない」と口走ってしまった。……十五歳の〝女〟として、寝室で〝男〟が服毒死をしていたことはもちろん、ブラッドフォードという〝男〟を寝室に通すことにも、動揺していたのである。

「なぜオリヴィア王国がヴァルファーレン皇国第十六代皇帝アラヴィス＝フォン＝ヴァルファーレンが統治する領土を等しくふたつに分けることにより独立したか……」

女王は美しい所作で布巾を折り畳む。

「妾がこれから言うことは、もしやアルフォンス殿には理解できぬとも、ネールガルデ殿ならば容易に理解できよう。ヴァルファーレン皇国は〝男の〟長子が継ぐものと決まっておるからな」

「獅子王の聖剣がエリザベスの鏡でもある真実、ぜひ教えてください、エリザベス二世」

アルフォンスはにこやかに尋ねる。

「やめろ……！」

ネールガルデは愕然と額を床にこすりつけ、両耳を塞いだ。

「エリザベス一世はそなたの父、第十六代皇帝アラヴィス殿の実姉ぞ」

気丈で優しく、芯の強い姉・エリザベスは、自分よりも〝王〟として優れていると、弟・アラヴィスは思った。彼女にはなにをおいてもかなわないと感じていた。

「姉上はぼくよりもずっと素晴らしい〝王〟になられると思うのです」

けれど女の長子はこの国では〝王〟にはなれない。
幼い姉と弟は〝王〟の座を巡って一族が騙し合い、殺し合うことに心を痛めていた。
エリザベスは女として生を受けたことに不満はなかった。愛する弟を殺めてまでヴァルファーレン皇国の王座に座る気はなかったが、姉もまた、己が〝王〟に相応しい器であることを感じ取っていた。

「ぼくは姉上にも〝王〟になってほしいのです」

姉と弟は父親が亡くなったことを機に、領土を等しくふたつに分けた。

姉は〝王〟として相応しく新しい王座に。

弟は〝王〟として決められた古い王座に。

領民たちは決して納得しないだろう。争いは避けられない。半端な王たちには無益な殺し合いを止める力はなかった。

だから姉弟はおなじ月を見上げながら誓いを立てた。

いつの日か、平和を願って、王たちの話し合いの席が設けられる。

そのときに獅子王の聖剣の輝きが放つエリザベスの鏡の光をもって、血を分けた姉弟はようやく理想の平和を手に入れられる。姉弟はそう信じていた。

互いの子らに継ぎましょう……言霊をもって、きっと――。

そしてエリザベスは、弟とおなじ月を見ながら娘に語り継いだ。エリザベスの鏡は、獅子王の聖剣の中に眠っていると。

「あああああ……――ッ」

耳を塞いでも無意味だった。

ネールガルデは床に額を摺りつけていた。

なかなか攻め落とせない堅牢なオリヴィア王国。平和というきれいごとを訴え続け、停戦条約締結の提案書を送りつけてくる女王。――わたしを誰だと思っているのだ――、そう何度も怒りの矛先を向けようとも彼女はひれ伏すことはない。彼女は知っているのだ。皇帝と女王、互いの身体に流れる血が証明する。等しく分け合った国の君主である、と。

「どこまでも忌々しい、憎い……、憎い……！　……エリザベス……ッ！」

ネールガルデの耳には、殺した父の言葉がこびりついていた。

「忘れるな……エリザベスの娘は、……そなたの……従兄妹だ――」

終章

拳ひとつぶんほどの小さい格子窓から、牢獄に一筋の光が差し込む。

石の壁に囲まれたここは、真夜中だというのに湿気があり、彼の腕には汗の粒が浮いている。隙間から入ってくるのは甘い潮の匂いだ。これが海か――海を……見たい。

寒さに凍える季節に任せて死を迎えようと思っていたが、それを許さない男から渡された毛布に情けなくくるまって生に縋り付いてしまった。

どんな拷問も覚悟していたのに、温かいスープとチーズのパンを無言で置いては去って行かれ、悔しくて、いつしか向こうから声をかけられるまでたいらげ続けてやろうと変な意地を張るようになった。

春の訪れが憎い。窓の外がやけにうるさい。笑い声だ。……今日はこのやけに生ぬるい国でおかしくてたまらないなにかがある日なのか。

地下牢を硬い足取りの男がやって来た。かちんと錠が外される。

「……イーサン、今日の食事は外だ。出ろ」

　久しく声を聞いていなかったせいで、この男はこんな穏やかな声だっただろうかと、憎しみの記憶との擂り合わせがうまくいかなかった。

「鎖で繫いでいないだろう。……おい……自分で立てないのか？」

　黒髪に銀糸が交じる髪が肩に掛かった。背中を支えられて立ち上がる。膝から毛布が落ちそうになって咄嗟に摑むと「それはもういいだろ」と鼻で笑われた。

「恩赦だ。おまえの死刑執行は見送りになった」

「……どう、……」――……して。

　掠れて声が出ない。歩くことにつらさを訴えたわけではなかった。けれどなにを勘違いしたのか、男は「仕方ないな」とため息混じりに呟いてイーサンを背負って歩き始めた。

　懐かしい。

　リャナ谷を這いずり、オルデナ山林を越えたあの日のようだった。

「……ヴァイス……」

「もうそいつは死んだ」

　なぜか涙があふれてきて、ひくついた喉からは罵倒の言葉を絞り出すのがやっとだった。死んだのならばいくらだって言ってやろうと、陽の光を浴びるまでひたすらに憎悪を吐き出した。

誰もが自由を求めているわけじゃない。

奴隷であった頃に戻りたいとは思わないが、不自由だったからこそ、楽しいと思えることもあった。ひりついた世界で命を賭けることに快感を覚えるばかだって、自分で考えるのが嫌だから奴隷に戻りたいなんて言い出すばかだって、もちろんたくさんいた。

そういうやつもひっくるめて全員が平等だったように思う。

「俺も正しいと思っていたわけじゃないさ」

だったらどうして自らを犠牲にして奴隷を解放なんてしたのか。

「おまえはしょっちゅう俺をそう呼んだだろ」

――同胞――。

「もう戦は終わったんだ……残念だったな。ヴァルファーレン皇国に戻ったら、皇帝陛下様とやらに言ってやれ。もっと金を積めばよかったんだってな。そうしたらおまえも大金を懐に入れてとっくに逃げてただろうさ」

やっぱりこの男とはわかり合えない。

この深い眠りから覚めたら、また思いっきり殴ってやろうか。

「髭を剃るぞ。髪も切る。それから風呂に入れる。そのあとに厨房に行って食事を頂戴するから日暮れまでには間に合うか、って……聞いてるのかイーサン――」


「――あれ……？　ブラッドフォード、ひとりなの？」

内庭でリオとシドが昨年種を蒔いた野菜の収穫をしていた。

木の皮を薄く削いで編んだ籠には、少年の拳程度の赤い実が六個だけ転がっている。

オリヴィア王国の潮風にも強い、枝の先に実る野菜だった。ところが夕焼けの日差しが幻影をつくっていたようで、のぞき込めば実際には三個だった。しかもお世辞にもよい野菜とは言えない。

「陛下は？」

「国境警備隊の引き揚げを出迎えておられてさすがに忙しい」

「えー……もうオイラがぜんぶ穫り終わっちゃったよ」

「おいリオ、穫れたのは……それだけか」

女王は昨夜わざわざブラッドフォードを呼び出してまで、育てた野菜の収穫を楽しみにしていると言った。なんと報告すればいいのかと頬にぺちりと手を当てる。

「たぶんシドの糞がよくなかったんだよなぁ」

「なっ、わたしのせいか！」

「だってそれ以外に考えられる？」

白狼は前脚を器用に使って畑を耕している。新しい苗を植える時期だ。

ブラッドフォードは、あぁ疲れたと頭を掻きまわしながらのろのろと寝床の厩を目指した。背後ではリオとシドがまるで兄弟のような小競り合いを始めた。

「勝手にしてろ……俺は寝るぞ」

背伸びをすると、ため息のようなあくびが連続する。

「また会おう、兄弟」

遥か彼方に見えるオルデナ山林は美しい緑に覆われていた。

了

あとがき

マイナビ出版ファン文庫さんでは、はじめまして。青木杏樹と申します。

今回中世西洋風オリジナルファンタジーでミステリーを描くことに挑戦致しました。

それもこれもすべて、敬愛する駒崎優先生の『足のない獅子』(講談社X文庫ホワイトハート)に出会えたお陰です。まずはこの場を借りて駒崎優先生に御礼申し上げます。実のところ当初は世界観もキャラクターもまったく別の作品を書く予定でしたが、打ち合わせ中に担当編集さんから「好きな作家さんはいますか?」と尋ねられたことがきっかけで、今作『女王の番犬』を書かせていただくことになったのです。

「それなら青木さんが書きたいものにしましょう」

あまりにも突然チャンスがめぐってきたので喜びはもちろんですが動揺しました。

わたしが小説を書くきっかけとなった『足のない獅子』のジャンルは、いつか自身でも挑んでみたいものとして心にありました。とはいえ犯罪心理学現代サスペンスでご飯を食べさせていただいている身としては、いいなり西洋風ファンタジーを書きたいですとはなかなか言い出せず(無論それも光栄なことなのですが)、まぁ十年後にでも趣味で書いて自己満足にしようか、などと思っていたのです。

ですからデビューしてから三年で憧れのジャンルを書かせていただけるとは思ってもみ

ませんでした。ひとえに青木杏樹を応援してくださる読者の皆様方、マイナビ出版の関係者様、そして声をかけてくださった編集者さんのお力添えの賜物です。

そして装画を描いてくださった藤ヶ咲先生、とても美しいブラッドフォード、シド、エリザベス二世をありがとうございました！　ブラッドフォードがあまりにもかっこよかったので慌てて彼の容姿についてて本編にあれこれ加筆をしたぐらいです。

敬愛する駒崎優先生はあとがきで近況報告・執筆経緯・取材逸話等々『足のない獅子』シリーズ刊行当時、十ページ近く書かれており、毎回読者を楽しませていらっしゃいました。新刊を手にするたびにわたしはあとがきから読んで、本編を読み終えたあとにまたあとがきを読みました。その一冊で、作品だけではなく、駒崎優先生という小説家の日常も同時に知ることができたのです。インターネットが身近ではなかった時代に原作者さんのあれこれを知る術はあとがきなのでした。どういう経緯でつくられた本なのかを知っていただく必要はないかもしれませんが、あとがきは本を手に取ってくださったすべての方にお礼を伝える方法だと思っています。読者さんとの距離の近さも駒崎優先生のオマージュ……などとはおこがましいのですが、わたしも書籍執筆の際にはあとがきをかならず入れています。

さて、読むことは好きだけれども出版物として書くのは初めてということで、どこまでフィクション・ファンタジーにするか、中世西洋風の世界観を読者さんにイメージしていただくには具体的にどの時代のどんな生活様式をピックアップするか、できるだけ丁寧に描きたいと思い、二十冊ほど資料を読み込みました。参考文献として掲載いただいておりますが、引用ではなく、エリザベス朝時代を含む実在の人物や団体とは一切関係ありません。

連なる三国の君主たちの停戦条約締結会談は無事に行われるのか。この物語は若き女王・エリザベス二世に仕える、元奴隷の暗殺者が主人公で幕を開けます。失われたオリヴィア王国の君主の証〝エリザベスの鏡〟をブラッドフォードは取り戻せるのでしょうか。ファンタジー・ミステリーの真実をあたたかく見届けていただけますと幸いです。

最後に、この本をお手にとってくださった読者さまに心から感謝致します。

またどこかでお目にかかれるのを心待ちにしております。

参考文献

『紋章学辞典』森護（大修館書店）
『図説紋章学辞典』スティーヴン・スレイター、朝治 啓三（創元社）
『エリザベス朝時代の犯罪者たち―ロンドン・ブライドウェル矯正院の記録から』乳原孝（嵯峨野書院）
『エリザベス朝の裏社会（刀水歴史全書）』G. サルガードー、松村 赳（刀水書房）
『大人の教養としての英国貴族文化案内』あまおかけい（言視舎）
『図解 貴婦人のドレスデザイン 1730～1930年』ナンシー・ブラッドフィールド、株式会社ダイナワード（マール社）
『エリザベス一世』青木道彦（講談社）
『図解メイドと執事の文化誌』シャーン・エヴァンズ、村上リコ（原書房）
『イギリス史 上 YAMAKAWA Selection』（山川出版社）
『イギリス史 下 YAMAKAWA Selection』（山川出版社）
『ヴィクトリア朝英国人の日常生活 上：貴族から労働者階級まで』ルース・グッドマン、小林 由果（原書房）
『ヴィクトリア朝英国人の日常生活 下：貴族から労働者階級まで』ルース・グッドマン、小林 由果（原書房）
『ダークヒストリー図説イギリス王室史』ブレンダ・ラルフ・ルイス、高尾菜つこ（原書房）
『世界のクラウンジュエル』（パイインターナショナル）
『武器と防具 西洋編』市川定春（新紀元社）
『幻の戦士たち』市川定春、怪兵隊（新紀元社）
『武器屋』（新紀元社）
『武勲の刃』市川 定春、怪兵隊（新紀元社）
『アクセサリーの歴史事典：上 頭部・首・肩・ウエスト』キャサリン・モリス・レスター、ベス・ヴィオラ・オーク、古賀敬子（八坂書房）
『アクセサリーの歴史事典：下 脚部・腕と手・携帯品』キャサリン・モリス・レスター、ベス・ヴィオラ・オーク、古賀敬子（八坂書房）

この物語はフィクションです。
実在の人物、団体等とは一切関係がありません。
本作は、書き下ろしです。

青木杏樹先生へのファンレターの宛先

〒101-0003　東京都千代田区一ツ橋2-6-3　一ツ橋ビル2F
マイナビ出版　ファン文庫編集部
「青木杏樹先生」係

女王の番犬

2022年4月20日　初版第1刷発行

著　者　青木杏樹
発行者　滝口直樹
編集　山田香織（株式会社マイナビ出版）
発行所　株式会社マイナビ出版
〒101-0003　東京都千代田区一ツ橋2丁目6番3号　一ツ橋ビル2F
TEL 0480-38-6872（注文専用ダイヤル）
TEL 03-3556-2731（販売部）
TEL 03-3556-2735（編集部）
URL https://book.mynavi.jp/

イラスト　藤ヶ咲
装　幀　松本舞子＋ベイブリッジ・スタジオ
フォーマット　ベイブリッジ・スタジオ
ＤＴＰ　富宗治
校　正　株式会社鷗来堂
印刷・製本　中央精版印刷株式会社

 ISBN 978-4-8399-7728-3
Printed in Japan